転生したら
才能があった件
~異世界行っても努力する~
著 けん
イラスト 竹花ノート

マルス

ジーク
リーナ
マリア
アイク

◆クラリス◆
日本語で言葉を交わした後、
俺たちは互いを
抱きしめながら泣きあった。

転生したら才能があった件
～異世界行っても努力する～
著 けん
イラスト 竹花ノート

◆ CONTENTS ◆

TENSEI SHITARA
SAINOU GA
ATTA KEN

プロローグ

今回もダメだったか。

現在浪人二年生の俺（藤崎裕翔《ふじさきゆうと》）は返却されてきた全国模試の結果を見て落胆した。

しかし落ち込んでばかりはいられない。『為せば成る』が俺の座右の銘だ。

頑張りが足りてないだけなのだ。

そう思い今も三度目の受験に向けて勉強している。

今までは毎日十二時間しか勉強してなかったから、今日からは十五時間やろう。

そして受かったら大学で野球をやりたい。

ちなみに俺の第一志望は三年間変わらず日本で一番でかいマンモス大学だ。

偏差値は五十前後といったところか。

同級生たちは三年の夏ごろから受験勉強し始めて、俺よりも偏差値の高い大学に受かっている。

俺は高校一年から一生懸命受験勉強をしていた。

俺の努力を嘲笑《あざわら》うかのように合格する様子に嫉妬した時期もあった。

しかし努力が足りないだけだと自分に言い聞かせた。

野球にしてもそうだ。

小学校に入る前から野球をしていたがレギュラーになれたことは一回もない。

中学、高校共に強豪校というわけでもない。

そして高校時代では一度すらベンチ入りしたことがない。

頑張らなきゃと思い、シャーペンを走らせる。

『パキッ』

数時間勉強していたらシャーペンの芯が折れた。

替え芯がなくなってしまったので近所のコンビニで買ってくるか。

ルーズリーフもなくなってきたからついでに買おう。

身支度を整えて深夜のコンビニに向かう。

外は大雨で雷も鳴っていた。

コンビニに着いてすぐにトイレに行きたくなり、女性店員に声をかける。

「トイレを貸してください」

「はい。どうぞ」

あの女性店員は新人だろうか？　年は俺と同じくらい。あんなにかわいい店員なんていなかった気がするが。

俺はちょくちょくこの近所のコンビニを使っている。

その俺が初めて見る店員だから間違いないだろう。

そんなことを思いながら用を済ませてトイレから出ると、店内の様子が変わっていることにすぐに気づく。男の怒鳴り声が聞こえるのだ。

「金を出せ！」

目出し帽を被った男がナイフを突きつけ新人女性店員に向かって叫んでいた。

バックヤードから男性店員が様子を見ている。

全く女性店員を助ける様子はない。もしかしたらそういうマニュアルなのだろうか？

新人女性店員は落ち着いているようだ。

すぐにレジを開けてお金を渡す。

しかし、それを受け取った強盗は、

「ふざけるな！　これじゃ足りないだろ！　隣のレジからも出せ！」

興奮した様子で新人女性店員に怒鳴っていた。

俺はその隙に興奮しすぎて注意力が散漫になっている強盗の背後に忍びよる。

「早く出せ！　早く動け！　殺すぞ！」

強盗が唾を吐きながら怒鳴り続ける。

そしてナイフを女性店員に突きつけようとしたその時すぐに俺は動いた。

音を殺しながら背後に回り、男の腕に向かってトイレから持ち出したデッキブラシをフルスイングする。

俺の約十年間にわたる素振りはこのためにある！

そしてその成果は見事に出た。

『ビュン！』

風切り音と共にデッキブラシが男の右肩に命中する。

「うわぁっ！」

強盗は痛みで右手に持っていたナイフを手放した。

「ぶっ殺してやる！」

しかし俺を睨《にら》みつけて叫ぶと、男は着ていたパーカーのポケットから新たなナイフを取り出して左手で持ち、俺と女性店員に挟まれないよう、コンビニの入り口を背にするように後ずさっていく。

右手は俺の渾身《こんしん》のフルスイングが上手く決まったからか、だらんとしていた。

俺の右手にはフルスイングした衝撃で折れたデッキブラシがある。

ある意味折れる前よりも攻撃力は高いだろう。折れた先がギザギザなのだ。

しばらく睨み合っていたが、女性店員が隙をみて警報を鳴らした。

『ビリリリリリリリィ』

店内に警報音が鳴ると、強盗は諦めたのか外に逃げる。

追いかけるつもりはなかったのだが、どちらに逃げたかだけでも確認しようと俺も外に出た。

外に出ると、強盗が逃げるのをやめてナイフを振りかざして突進してくる。

ナイフを振り回している強盗に、俺もデッキブラシを構えて応戦した。

大雨のせいで視界が非常に悪い。

ナイフを視認できない時は大きめに下がる。

そして強盗がナイフを振り下ろしてきた時だった。

後退して捌《さば》こうとすると、強盗は振り下ろすのを途中でやめそのまま突っ込んできた。

今までは振り回すだけだったのに、急に刺そうとしてきたのだ。

急に変わった行動パターンに対処ができず、このままでは躱《かわ》しきれない。

強盗は殺《や》ったと思ったのか少し笑みを浮かべながら迫ってくる。

俺の腕に刺さりそうになったところで、強盗のナイフが『グシャッ』という音と主に地面にたたき落とされた。

女性店員が棒切れのようなもので、ナイフを持つ強盗の手を振りぬいたのだ。

棒切れを持つ店員は凛《りん》としており、また雨に顔が濡《ぬ》れていても美人だった。

「ありがとう！　助かった！」

「こちらこそありがとう！　私も助かったわ！」

二人とも強盗から目を離さず互いに大声でお礼を言い合う。

そして二人で強盗を捕縛しようと近づいた時だった。

俺たち三人を光が包み込む。

『ドゴォォォォッォォンンンン！！！』

俺は光の奔流に飲まれ意識を手放した。

第1話　境界世界

気が付くとそこは白い世界だった。

何もない世界。俺は雷に打たれて死んだのだろう。

あの後どうなったんだろう。親不孝をしたなぁ。もっと勉強して大学に受かってキャンパスライフを謳歌《おうか》したかったなぁ。などと考えているといつの間にか俺の目の前に白い老人が現れた。うまく視認できない。体が消えかかっているような感じだ。

「気が付いたか。そして最初に謝らせてもらう。すまなかった」

「状況がよく分からなくて混乱していますが、藤崎と申します。どうして俺に対して謝るのですか？」

「儂《わし》がお主ら三人を穿《うが》いてしまったのだ。儂がお前を殺してしまったということだ。もちろん謝って許される問題ではない」

「あなたは誰なのですか？　ここは天国ですか？」

「儂は亜神だ。ここは境界世界といって簡単に言えば天国の一歩手前だ。儂の管理する世界に神罰を下そうと思ったのだが、なぜかそっちの世界に吸い込まれてしまってな。誠に申し訳なかった」

「これから俺はどうなるんですか？」

「儂の力で転生させる。ただ元の世界には戻せない。申し訳ないが、儂が管理していた世界にしか転生させられない。また神罰をお主の住む世界に落としたことで力を失ってしまったようだ。お主に特別な力を与えたいのだがあまり力になれそうにはない」

ずいぶん勝手だなぁと思った。

勝手に転生って。親に何も言えずに今生の別れとなってしまうのが一番心苦しい。親孝行したかったなぁ……ただここで無駄に時間を過ごしていても意味がない。色々情報を聞き出さねば。

「転生先の世界はどんなところですか？」

「お主の世界でいう剣と魔法の世界だ。現在は多くの魔物がいて、かなり危険な場所もある。先ほどあまり力になれそうにないと言ったが、できる限りは力になりたいと思っている。お主には二つの先天性の固有能力を与えることができる。他の二人には一つだけだが、お主は特別だ」

なぜ特別か分からなかったが一気に質問をしよう。

「質問を幾つかしてもよろしいですか？」

「時間はあまりないが、許す限りは大丈夫だ」

「俺は何歳で転生されますか？」

「〇歳。つまり普通に人として生まれる」

「どのような家庭環境でしょうか？」

「不自由しない環境を約束しよう」

「俺に魔法は使えますか？」

「そうじゃな。全属性というわけにはいかないがな」

「全属性？　魔法って何種類あるのですか？」

「今は火、水、風、土の四大属性と神聖魔法だ。何百年前かはもう少しあったのだがな。あとは種族別の魔法が少しだな」

「俺には何属性が使えるのですか」

「ステータスオープンと唱えてみなさい。ここにいる間は自分の能力が詳細に見られる。転生した世界でもお主だけは見られるようにしておくが、詳細は見られないと思っておきなさい」

俺は言われるがままに、

「ステータスオープン」

と唱えた。

【名前】藤崎裕翔《ふじさきゆうと》
【称号】－
【状態】死人
【レベル】０
【ＨＰ】０／０
【ＭＰ】０／０
【筋力】０

【敏捷《びんしょう》】０
【魔力】０
【器用】０
【耐久】０
【運】30
【固有能力】雷魔法　Ｓ（Ｌｖ０／20）
【特殊能力】剣術　Ｂ（Ｌｖ０／17）
【特殊能力】風魔法　Ａ（Ｌｖ０／19）
【特殊能力】神聖魔法　Ｃ（Ｌｖ０／15）

「なんだこれ」

「ほう。力を与えなくても物凄《ものすご》いな」

「これって雷魔法と風魔法、神聖魔法が使えるってことですか？」

「うむ。正しくは使えるようになるということだ。努力は必要だ」

「これ以外の魔法は使えたりしますか？　また雷魔法は【固有能力】雷魔法　Ｓ（Ｌｖ０／20）となっていますが、【特殊能力】の他の魔法と何が違うのですか？」

「【固有能力】とは世界でお主しか使えない能力だ。従って雷魔法はお主しか使えない。ただし今後使える者が現れないとは限らない。また神聖魔法も使い手が非常に少ない。他の魔法も努力次第で使用できる可能性はある。一つ忠告しておくが自分のステータスをむやみやたらに他人に言いふらさぬほうがよいぞ。信頼できる者にだけだな」

「ありがとうございます。雷魔法の後に表示されているSとは何ですか？」

「Sという表示は才能だな。ちなみにSはこの世界で一人だけと思ってよい。才能がある方からS→A→B→C→D→E→F→Gとなっている。Aもそう何人もいるものではない。才能によりレベルの上限値が違い、成長速度も変わる。そこはお主自身で試してみることだ」

才能に恵まれたようだ。早く転生して努力してみたくなってくる。

だがまだ情報収集しなければと思っていると、

「もう時間があまりなくなってしまった。どういう能力が欲しい？　できる限り力になろう」

「では努力をしたらしただけ恵まれる才能が欲しいです」

「それは普通のことではないのか？」

「普通なのかもしれませんが、俺の場合レベルが上がっても全くステータスが伸びないとかありえそうなので……」

「そうか、それでは【天賦】はどうじゃ？　これは一部では外れ能力と呼ばれているのだが、そんなことはない。次のレベルに必要な経験値が人の三倍となるが、レベルが上がると必ず運以外のすべての能力が１ずつ上乗せして上がる。またＭＰの回復速度が早くなる。ちなみに普通の人間はレベルが１上がってもすべての能力が１ずつ上がるわけではない。ＨＰ、ＭＰ、運以外の項目が合計で２～10増える。ステータスの上がり方も個人差がある。そして次のレベルに必要な経験値も個人差がある。【天賦】を持ち、なおかつ必要な経験値が人よりも多い場合はとんでもない苦行となるがいいか？」

かなり念を押されて不安になるが、確実に他の人よりも成長できるということだ。

「はい。それでお願いします」

「それではもう一つは儂の残った能力でできる限りのもの、そうだな……【天眼】を与える。これは他者や物を鑑定できたり魔力の流れが分かったり、夜目が利いたりかなり便利なものだ。鑑定に関してはレベルが上がればこの鏡面世界と同じように才能値も見られるようになる。他にもあるが時間がないので能力の説明はここまでだ」

「亜神様はどうなるのですか？」

「儂はお主を転生させたら死ぬだろう。お主は本体である儂が対応したが、他の二人は儂の分体が対応する。オリジナルの儂の半分以下の力しかないので少しの力しか与えることができず、またお主へのように説明をきちんとすることはできないだろうが」

「そう……ですか」

「さて本当に時間切れのようだ」

そう言うと亜神は俺の前から消えていく。

それと共に俺の転移が始まった。

【名前】藤崎《ふじさき》裕《ゆう》翔《と》

【称号】－
【状態】死人
【レベル】０
【ＨＰ】０／０
【ＭＰ】０／０
【筋力】０
【敏捷】０
【魔力】０
【器用】０
【耐久】０
【運】30
【固有能力】天賦（ＬｖＭＡＸ）
【固有能力】天眼（Ｌｖ１）
【固有能力】雷魔法　Ｓ（Ｌｖ０／20）
【特殊能力】剣術　Ｂ（Ｌｖ０／17）
【特殊能力】風魔法　Ａ（Ｌｖ０／19）
【特殊能力】神聖魔法　Ｃ（Ｌｖ０／15）

「願わくば儂の意志を継いでほしいが……」

転移が終わった後、ぼそりと亜神が呟《つぶや》いた。

第2話　初めまして異世界さん

異世界転生してから半年が経ち、この世界のことが少しだけ分かった。

まず俺は準男爵家の次男で【マルス・ブライアント】として生まれた。

父【ジーク・ブライアント】二十一歳　茶髪イケメン魔法使い
母【マリア・ブライアント】二十歳　茶髪美人魔法使い
兄【アイク・ブライアント】三歳　赤髪やんちゃ坊主
という家族構成である。

父ジークと母マリアは迷宮《ダンジョン》冒険者として名を馳《は》せ、かなり希少価値の高い物を王様に献上し、平民から準男爵として叙爵された。

この世界には迷宮《ダンジョン》というものがあり、そこには魔物がいて、奥に進むと宝箱があり、魔物からは魔石、たまに素材が出現し、宝箱からはとても価値が高い物が出たりするとのことだ。

魔物は迷宮《ダンジョン》以外にも現れるようで、最近になって魔物の数が多くなっているらしい。

ジークとマリアは二人とも魔法が使えるようだ。

鑑定したことはあるが天眼のレベルが低いからか細かいステータスは見られない。

分かるのは【名前】と【状態】だけだ。

アイクはやんちゃ盛りでチャンバラごっこにはまっている。

今も棒切れを振り回している。

そして俺はというと先日離乳食となった。

この体は非常に優秀なようで、まだ言葉を喋《しゃべ》れたりはしないが、相手が何を言っているのかはなんとなく分かる。

そして何より、ふらふらしながらだが、もう歩けるようになったのだ。

歩けるようになったのも進歩なのだが、もう一つの大きな進歩もある。

それがこれだ。

（ステータスオープン）

【名前】マルス・ブライアント
【称号】ー
【身分】人族・平民
【レベル】1
【HP】1／1
【MP】10／10
【筋力】1
【敏捷】1
【魔力】1

【器用】１
【耐久】１
【固有能力】天賦
【固有能力】天眼
【固有能力】雷魔法
【特殊能力】剣術
【特殊能力】風魔法
【特殊能力】神聖魔法

一昨日、ＭＰの最大値が増えたことだ。

最初にステータスを見た時最大ＭＰは５だった。

天眼の能力の一つである鑑定を一回使ったところ、ＭＰが４に、五回使うと０になり、体に倦《けん》怠感《たいかん》を覚えそのまま意識を失ってしまった。

そして次に起きたら最大ＭＰが６になっていた。

ＭＰを０まで使えば増えるのかなと思って天眼を使い、そのたびに意識を失う。

起きたらまた最大ＭＰが増えての繰り返しだ。

あとこっちの世界では、ステータスオープンと唱えても状態や運、魔法や剣術の才能レベルは見られないらしい。

亜神様が言っていたように、天眼のレベルを上げて鑑定で見るしかないのか。

今日も朝ごはんを食べたら天眼を使って鑑定して、MPを使い切ってから寝ようと思っていた。

ふらふらとリビングに向かい、いつものように家族四人で食卓を囲む。

この世界の主食はパンのようで三食すべてパンが出る。

俺はご飯派なんだよなぁと思いつつも、ミルクにつけてふやけさせたパンをマリアに食べさせてもらう。

食卓ではこんな会話が繰り広げられている。

「マルスは本当に手がかからないな。半年でふらふらながらも歩けるようになって。しかも俺らの言うこともなんとなく分かっているような感じだしな」

「そうね。アイクの時は大変だったけど、マルスは逆に心配になるくらい手がかからないわね。きっと身近にアイクがいるからいい刺激になっているのだとは思うけど」

「マルスはすごいよね。他の赤ちゃんとは違う」

俺を褒めてくれている。

褒められると伸びるタイプな俺はもっともっと努力をしなきゃと思い、ご飯を食べ終えると足腰を鍛《きた》えるために歩きだし、疲れてきたら天眼を使いMPを使い切る。

早く一人前になって家族のために頑張る!

前世で親孝行できなかった分、今回は最低でも二生分はしなきゃな。

それから半年が経《た》ち転生してから一年。

俺は一日もさぼらず、毎日歩き回るというより走り回り、言葉も少しは喋れるようになっていた。

ＭＰに関しても一日に何回も欠乏させていたのでＭＰ量がかなり増えている。

鑑定を使いまくっていたので、天眼のレベルが上がっており、詳細な情報も出るようになっていた。

【年齢】項目が増えているのもそうだが、才能値も見られるようになっていた。

天眼の良い点はステータスオープンと違い他人も鑑定できることだ。

ステータスオープンと区別するために、天眼のほうは鑑定と呼ぶことにした。

鑑定した俺の結果はこうなっている。

【名前】マルス・ブライアント
【称号】—
【身分】人族・平民
【状態】良好
【年齢】一歳
【レベル】１
【ＨＰ】２／２

【ＭＰ】８７２／８７３
【筋力】１
【敏捷】１
【魔力】３（＋２）
【器用】１
【耐久】１
【運】30
【固有能力】天賦（ＬｖＭＡＸ）
【固有能力】天眼（Ｌｖ３）（１↓３）
【固有能力】雷魔法　Ｓ（Ｌｖ０／20）
【特殊能力】剣術　Ｂ（Ｌｖ０／17）
【特殊能力】風魔法　Ａ（Ｌｖ０／19）
【特殊能力】神聖魔法　Ｃ（Ｌｖ０／15）

ＭＰを消費しまくったせいなのか、魔力も２上がっている。
努力の結果が可視化できるのはとても嬉《うれ》しい。どんどん頑張りたくなる。
しかし現在一つの問題を抱えている。
鑑定で消費できるＭＰは１なのでＭＰを枯渇させるのに時間がかかる。

魔法を使おうにもどう使えばいいのかが分からない。

適当に《サンダー》とか《ライトニング》とか唱えても発動する気配がない。やはり魔法を使えるようにならなければな。

食事中に俺はジークとマリアに尋ねてみる。

「まほうってどうやってつかうの？」

一歳になったばかりの子供が聞いたことにびっくりしたのか、二人は顔を見合わせる。

「マルスは魔法を知っているのかい？　そしてどうして使いたいのだい？」

「つかってみたいから」

「……そうか、多分マルスにも使えるよ。ただ四歳のアイクでもまだ使えないんだ。アイクが覚える時、一緒に教えてあげるけど、ＭＰというのが足りないから、まだ覚えられないと思う」

「にいはいつまほうおぼえるの？」

「アイクが六歳になった時に、適性検査として鑑定の儀というのをするから、その時にマルスも適性検査をしてもらって、そこから魔法を覚えるというのはどうだい？」

あと二年後か……さすがに二年も無駄にするのは嫌だな。

そこでもう一つ質問をしてみる。

「しんせいまほうってなに？」

俺がこう聞くと、ジークとマリアは先ほどよりもびっくりした様子で顔を見合わせる。

兄のアイクは俺たちの話に興味津々だ。

「その言葉どこで知った？」

「ねてたらゆめにでてきたの」

「あなた、もしかしてマルスには神聖魔法の才能があるのかもしれないわ。神聖魔法使いであれば、これだけ成長が早いのも頷《うなず》ける。早いうちに教えて、その危険性もしっかりと叩《たた》き込まなきゃダメよ。希少すぎて何が起こるか分からないわ」

「そうだな。マルス、父さんと母さんは相談をするから今日は早く寝なさい。明日また話そう」

「うん。あした、たのしみにしてるね。おやすみ」

「「おやすみ」」

ちなみに兄であるアイクはこのようなステータスだ。

【名前】アイク・ブライアント
【称号】－
【身分】人族・平民
【状態】良好
【年齢】四歳
【レベル】1
【ＨＰ】５／５
【ＭＰ】３／３

【筋力】２
【敏捷】２
【魔力】１
【器用】１
【耐久】２
【運】10
【特殊能力】剣術　Ｃ（Ｌｖ０／15）
【特殊能力】槍術　Ｂ（Ｌｖ０／17）
【特殊能力】火魔法　Ｃ（Ｌｖ０／15）

かなり武闘派のようだ。

ちなみに【特殊能力】は普通であれば親からある程度遺伝するらしい。

父ジークは土魔法、母マリアは水魔法の特殊能力を持っている。

ブライアント家は普通ではないらしい。

そんなことを思いながら、ＭＰを枯渇させるために全力で天眼を使い、鑑定しまくってから寝る。

明日、魔法を教えてもらえるといいなぁ。

朝起きてからふらふらとリビングへ向かう。

「おはよう」

「「おはよう」」

ジークとマリアが返事をしてくれるが、アイクはまだ寝ているようだ。

「マルス、昨日の話だが、まずはマルスの魔法適正を見させてもらう。その後に魔法を教えるかどうか決めようと思う」

ジークはそう切り出すと、テーブルの上に置いてあった袋から二つの水晶のようなものを取り出す。

「これは鑑定水晶といって自分の能力を鑑定することができる水晶だ。マリア、アイクを起こしてきてくれ」

ジークに言われ、マリアがアイクを起こして連れてくると、

「アイク、この水晶を触りながらステータスオープンと言ってごらんなさい」

「はい。ステータスオープン」

するとアイクのステータスが水晶に映し出される。

しかし俺の鑑定ほど詳細ではない。

【名前】アイク・ブライアント
【称号】－

【身分】人族・平民
【状態】良好
【年齢】四歳
【レベル】１
【ＨＰ】５／５
【ＭＰ】３／３
【筋力】２
【敏捷】２
【魔力】１
【器用】１
【耐久】２
【特殊能力】剣術（Ｌｖ０）
【特殊能力】槍術（Ｌｖ０）
【特殊能力】火魔法（Ｌｖ０）

この結果を見たジークとマリアが、

「凄い！　アイクは剣術と槍術《そうじゅつ》に加えて火魔法の素質もあるのか！　アイクにも魔法の訓練をさせたいな！　騎士団長も夢ではないな！」

「ええ！　神童と言っても過言ではないわ。私たちで正しく育てましょう」

アイクはまだ何を言われたのか正確には分かっていないようであったが、自分のことでジークとマリアが喜んでいるということは分かったようで嬉しそうだ。

「次はマルスだ。ステータスオープンと言ってごらん」

「ステータスオープン」

【名前】マルス・ブライアント
【称号】－
【身分】人族・平民
【状態】良好
【年齢】一歳
【レベル】1
【HP】2／2
【MP】877／877
【筋力】1
【敏捷】1
【魔力】3
【器用】1

【耐久】１
【特殊能力】剣術（Ｌｖ０）
【特殊能力】風魔法（Ｌｖ０）
【特殊能力】神聖魔法（Ｌｖ０）

「な、なんだこれは……ＭＰ量が８７７って……魔法使いである俺やマリアの五倍以上じゃないか……」

「一歳でＭＰ１、二歳でＭＰ２と１ずつ増えていって、早くてもＭＰが５になる五歳までは魔法が使えないはずなのに、これならもう魔法が使える……それに神聖魔法の他にも風魔法も使えるって……神聖魔法使いは神様に愛されすぎていて他の魔法が使えないっていうのは嘘だったのね」

「一つ言えることは、俺らの子供は二人とも異常だ」

やはり俺はかなり才能に恵まれているようだ。

それに俺は最初からＭＰが５あった。もしかしたらこれも転生ボーナスなのかもしれない。

俺はこの与えられた才能に胡坐《あぐら》をかくことなく、人の倍、いや三倍は努力したい。

ここでジークが困った顔でこう呟く。

「おい、なんで俺とマリアの子供なのに二人とも土魔法と水魔法を覚えていないんだ？　まさか……いやそんなことはありえない」

「あなた。間違いなく私たちの子供よ。神に誓って他の人との子供なんてことはないからね」

「まぁそうだよな。あれだけしていたんだから当然俺らの子供だよな」

「まほうおしえてくれるの？」

話が脱線していたので改めて聞くと、

「ああ。だがその前に一つ約束をしてもらう。神聖魔法は人の怪我や病気を治す魔法で希少価値が高い。悪い奴らにつかまったりするとどんな目に遭うか分からない。だから大人になる……いや、父さんと母さんがいいと言うまで他人に絶対に使えると言ってはいけない。いいな？」

「わかった」

「よし、まずは基本から教える」

「うん。どうするの？」

「まずおへその少し下あたりにある丹田というところに意識を集中させろ。そこに魔力がたまっている。その魔力を体に循環させることを意識するんだ。最初は難しいだろうが、できなければ魔法の才能があっても使うことができないから頑張りなさい」

「うん。わかった」

そう答え意識を集中させると、すぐに丹田の魔力溜まりが分かった。

ただそれを体中に循環させることができない。

十分くらい苦戦していると、マリアがアドバイスをしてくれる。

「丹田から血液が流れるようなイメージで意識をしてごらんなさい」

前世で習った知識を総動員すると、なんとなくだがイメージができた。

するると魔力が循環できたみたいで体が少し熱くなってくる。

「おぉー。さすがだな。もうできるようになるとは」

「そうね。一歳にしてこれだけ話せるだけでも凄いことなのに、マルスは色々な物に愛されているのかもしれないわね……」

「じゅんかんできるようになったけど、まほうはどうやってつかうの」

「あ、あぁ。実は父さんは土魔法、母さんは水魔法しか使えないんだ。だから神聖魔法、風魔法、火魔法が使えないから、あとで魔導書を買ってきてやる。父さんが魔導書を読んであげるが、マルスも文字の読み書きもできるようにならないとな」

「うん。分かった。がんばる」

「マルスが魔法の練習をするなら僕も魔法の練習をする！」

ずっと俺のことを見ていたアイクも魔力の循環の練習をし始めた。

ジークとマリアは俺たちの魔法の練習を嬉しそうに見ている。

子供の頑張る姿を見て嬉しくない親なんていないだろう。

親孝行のためにも頑張ろう！

第3話　初めての魔法

翌日、ジークは初級風魔法の魔導書と初級火魔法の魔導書を買ってきてくれた。

どうやら神聖魔法の魔導書は希少なようで店に売っていなかったらしい。

また魔導書はとても高価なもので、もし売っていたとしても神聖魔法の魔導書は手が出ないとのことだ。

初級の二つですら一冊金貨十枚するという。

普通の準男爵家であれば絶対に買えない値段らしいが、幸いなことにブライアント家には「まだ」お金があった。

しかし二つの魔導書を買ったせいでかなり家庭の財政が逼迫したらしい。

ちなみに金貨一枚で日本円にして十万円くらい。二冊で二百万円相当だ。

庭に移動してそれぞれが魔法の練習に取り掛かる。

期待されているのは分かっているので、俺は必死になって風魔法を覚えるつもりだ。

アイクも魔導書の価値が分かっているのか、火魔法を覚えようと頑張っている。

ちなみにアイクも昨日魔力の循環でＭＰが枯渇し、見事に最大ＭＰが１上がって４となっていた。

だがそんな俺たちにも弱点がある。それは字が読めないことだ。

なので俺にはマリアが、アイクにはジークがつきっきりで本の内容を教えてくれている。

丹田から手先に魔力を伝えて魔力がたまったら《ウィンド》と唱える。

少しずつだかコツは掴めている気がする。

なぜなら最初はＭＰが減っていなかったが、今は《ウィンド》と唱えるたびにＭＰが１ずつ減っているからだ。

そして何十回か試した時にそれは起こった。

「《ウィンド》！」

俺の右手から魔力が放出されて一陣の風を巻き起こす。

すぐに風は収まったが魔法が発動した。

消費ＭＰは５だった。

それを見たジークとマリアは手を取りあって喜んでいる。

アイクからは俺もやってやると強い意志が感じられた。

何度もＭＰを枯渇させながら、数日後には《ファイア》が使えるようになっていた。


一年後、俺は二歳、アイクは五歳となっていた。

もちろん俺が魔法の練習を欠かすことはなかった。

魔法の練習だけではなく、積極的に体を動かすようにしており、同世代の子供たちと比べても体がしっかりとしてきた。

また剣術強化のために庭で棒切れを振り回すようになった。
まだまだアイクよりは弱いが、剣術も本格的に習いたいと思っている。
そんな二歳の俺のステータスはこんな感じだ。

【名前】マルス・ブライアント
【称号】－
【身分】人族・平民
【状態】良好
【年齢】二歳
【レベル】1
【HP】3／3
【MP】1952／1953
【筋力】2（＋1）
【敏捷】2（＋1）
【魔力】10（＋7）
【器用】3（＋2）
【耐久】2（＋1）
【運】30

【固有能力】天賦（ＬｖＭＡＸ）
【固有能力】天眼（Ｌｖ３）
【固有能力】雷魔法　Ｓ（Ｌｖ０／20）
【特殊能力】剣術　Ｂ（Ｌｖ０／17）
【特殊能力】風魔法　Ａ（Ｌｖ５／19）　（０→５）
【特殊能力】神聖魔法　Ｃ（Ｌｖ０／15）

ずっと風魔法の練習をしているので、風魔法だけレベルが上がっている。

ここで一つ新たな発見をしたのだが、風魔法のレベルが1上がる毎に魔力も1上がるのだ。もしかしたら他の魔法も風魔法と同様にレベルが上がる毎に魔力が上がるのかもしれない。

風魔法の魔導書に載っていた《エアブレイド》というもう一つの魔法も覚えた。これは風魔法レベル３で覚えることができ、ＭＰを7消費し、風の剣を作り出すことができる魔法だ。一振りすると消えてしまうので相当燃費が悪い。調子に乗ってこの《エアブレイド》という魔法を庭で振り回していたら、制御できずに誤って飛ばしてしまい、マリアの大切にしていた庭木を真っ二つにしてしまった。

これが中級風魔法の《ウィンドカッター》と呼ばれるものと後に知るのだが、この時ばかりは血の気が引いた。一歩間違えれば誰かを傷つけてしまう可能性があったからな。

当分は《ウィンド》だけでＭＰを枯渇させることを心に決めた出来事だった。

アイクも順調に育っている。

【名前】アイク・ブライアント
【称号】－
【身分】人族・平民
【状態】良好
【年齢】五歳
【レベル】１
【ＨＰ】６／６
【ＭＰ】40／40
【筋力】３（＋１）
【敏捷】５（＋３）
【魔力】２（＋１）
【器用】３（＋２）
【耐久】３（＋１）
【運】10
【特殊能力】剣術　Ｃ（Ｌｖ１／15）　（０→１）
【特殊能力】槍術　Ｂ（Ｌｖ０／17）

【特殊能力】火魔法　Ｃ（Ｌｖ１／15）（０→１）

アイクは火魔法を覚えた後、剣術を重点的に習っている。

アイクの火魔法レベルが１に上がった時、魔力も上がっているかを見ておけば良かったのだが、俺も自分のことでいっぱいいっぱいになっていたので見逃してしまっていた。

しかしアイクの剣術レベルが０→１になった時はしっかり見ており、偶然かもしれないがその時は敏捷値と器用値もそれぞれ１ずつ上がっていた。

ジークとマリアはアイクが五歳になってしっかりしてきたので、俺をアイクに任せて迷宮《ダンジョン》に潜《もぐ》ったりしている。

というのも最近やたら魔物が増えてきたので、この地を治めるカーメル伯爵自らジークとマリアに迷宮《ダンジョン》の魔物の討伐を依頼してきたらしい。

カーメル伯爵自身も騎士団と魔術団を所有しているのだが、騎士団は主に騎馬に乗っての戦いとなり、迷宮《ダンジョン》に潜るのには向かない。

また魔術団はそもそも魔法使いの人数が少なく、そんな貴重な戦力を迷宮《ダンジョン》に送ることはできないらしい。

ジークとマリアのステータスはこうなっている。

【名前】ジーク・ブライアント

【称号】－
【身分】人族・ブライアント準男爵家当主
【状態】良好
【年齢】二十三歳
【レベル】30
【ＨＰ】１２６／１２６
【ＭＰ】１３２／１３２
【筋力】35
【敏捷】39
【魔力】74
【器用】22
【耐久】33
【耐久】38
【運】10
【特殊能力】短剣術　Ｅ（Ｌｖ４／11）
【特殊能力】土魔法　Ｃ（Ｌｖ９／15）
【装備】魔法の杖
【装備】銀の短剣

【装備】大地の法衣

【名前】マリア・ブライアント
【称号】－
【身分】人族・ブライアント準男爵家第一夫人
【状態】良好
【年齢】二十二歳
【レベル】28
【ＨＰ】１０２／１０２
【ＭＰ】１２０／１２０
【筋力】18
【敏捷】32
【魔力】60
【器用】64
【耐久】17
【運】10
【特殊能力】短剣術　Ｅ（Ｌｖ３／11）

【特殊能力】水魔法　Ｃ（Ｌｖ９／15）
【装備】水瓶の杖
【装備】魔法の法衣

二人とも典型的な魔法使いだ。

それにしてもこんなにＭＰって低いんだなぁ。

迷宮《ダンジョン》での戦い方を見てみたい。

今日もこれからジークとマリア二人で迷宮《ダンジョン》に潜って魔物の間引きをしてくるらしい。

俺らがいるから低層階しか行かないらしいが。

二人が迷宮《ダンジョン》に行くと、俺とアイクはいつものように剣術の練習を庭で始めた。

二歳児の俺が棒を振り回していても練習とは見えないであろうが、俺は密《ひそ》かにある練習をしていた。

それは体に風を纏《まと》わせて身体能力を上げるというものだ。

剣術を練習し始めてからずっとやっていてもいまだにできないが、できないからといって諦める俺ではない。

最低でも十年はやり続けるつもりだ。

そしていつものように剣術の練習を三時間した後に昼ご飯を食べて、ＭＰ０になるまで風魔法を使い続けて寝る。

そして三時間ほど寝たらまた外で剣術の練習をする。

なぜ三時間かというと、どうやら三時間寝れば俺のＭＰは全快するらしい。ちなみにアイクやジーク、マリアは六時間で全快だ。確か【天賦】の能力があればＭＰの回復速度が早くなるという説明を亜神様から受けたから、その効果だろう。

アイクはというと、午前中は剣術と練習をしていて、昼からは槍術の練習をしている。火魔法の訓練をするのは寝る前だ。

ジークとマリアは俺とアイクに木剣と木槍を買ってきてくれていたため、午前中アイクが木剣を使う時は棒切れを使い、午後にアイクが木槍を使う時に木剣を使わせてもらう。

練習を続けていると、ジークとマリアがとても興奮した様子で帰ってきた。

「今日はとてもいいものが二つも手に入った。ご飯を食べた後に見せるから、二人とも早くシャワーを浴びてこい」

ジークが口早に言う。

「うん。分かった」

アイクが言うと俺も頷き、アイクの後ろを追いかける。

そして夕飯が終わって、迷宮《ダンジョン》に潜る時にいつも持っていくリュックからジークが一振りの剣を取り出した。

鞘《さや》には派手さはないが綺麗《きれい》な装飾が施されており、柄には大きな赤い魔石がついている。刀身は綺麗な銀色だった。

「これは火精霊の剣《サラマンダーソード》だ。火属性の剣らしい。鑑定士に調べさせたので間違いはないと思う。アイクにピッタリな剣だからこれはお前にやろう」

「ありがとう。頑張るよ！」

アイクは満面の笑みでお礼を言う。

こっそり火精霊の剣を鑑定してみた。

【名前】火精霊の剣《サラマンダーソード》
【攻撃】30
【特殊】魔力＋2
【価値】B

これは凄い。

ジークとマリアが興奮して帰ってくるわけだ。

ちなみにそこら辺のテーブルとかも鑑定できるが、

【名前】テーブル
【価値】ー

と出るだけだ。

希少アイテムだけ詳細に分かるようになっているらしい。

さすが天眼だ。

アイクが火精霊の剣《サラマンダーソード》を持って喜んでいると今度はマリアが、

「次はマルスね。これを御覧なさい」

そう言って一冊の本をリュックから取り出した。

それは初級神聖魔法の魔導書だった。

「これはマルスにあげるわ。しっかり勉強して覚えてね」

「ありがとう！」

俺は思わずガッツポーズして初級神聖魔法の魔導書を受け取った。

その夜はずっと神聖魔法の練習をしたが、さすがに覚えられなかった。

風魔法のようには覚えられないのは才能がCだからなのだろうか？　でもアイクが同じ才能値で覚えられたのだから俺も絶対に覚えられるはず！　できるまで諦めずに練習し続けることを決め、眠りにつく。

翌日ジークとマリアが迷宮《ダンジョン》に向かうと、俺たちもいつもの日課をこなした。

アイクは昨日もらった火精霊の剣《サラマンダーソード》ではなく、いつもの木剣を使って練習をしている。

「にいはきのうのけんつかわないの？」

「基本が大事と父さんが言っていたから、まだこっちを使うよ」

俺が聞くとアイクも転生者かと思うくらいしっかりとした回答をする。

俺も神聖魔法が使えるように頑張るぞ！

そう思って何度も初級神聖魔法の《ヒール》を唱えていると、昼ご飯前に《ヒール》を会得した。

「にい！　《ヒール》できた！」

「やったね。さっき訓練している間に膝を擦《す》りむいちゃったから《ヒール》をかけて」

俺がアイクに言うとアイクは嬉しそうに頼んできた。

「うん！　《ヒール》！」

するとアイクの膝の傷は瞬く間に治っていく。

アイクはとても嬉しそうにしながら俺にグータッチをしてくる。

《ヒール》の消費ＭＰは10。どのくらいＨＰが回復するのかはまだ不明。

使う機会がないのが一番だろうけど、絶対にそんなことはない。

もっとスムーズに魔法が発動するように特訓をしなくては。

というのも魔法というのは、唱えてから発動するまでに時間がかかるのだ。

俺の《ウィンド》は唱えたらほぼタイムラグなしで発動するが、アイクの《ファイア》は発動するまでに２秒くらいかかる。

中級魔法以上になるともっと時間がかかるらしい。

午前中の訓練を終えて昼ごはんを食べていると、事件が起きた。

迷宮《ダンジョン》からジークとマリアが怪我をして帰ってきたのだ。

ジークとマリアの戦闘スタイルは鉄壁と聞いていたのだが……

怪我をしないから毎日のように迷宮《ダンジョン》に潜れるのだが、一般の冒険者はそうはいかないので迷宮《ダンジョン》に潜ったら二、三日は静養するのが普通とのこと。

「お父さん！　お母さん！　大丈夫⁉」

アイクが駆け寄った。

「ちょっとドジってしまってな。すまないが濡れたタオルをたくさん用意してくれ」

マリアの肩を借りているジークが平静を装いながら答える。

「心配かけちゃってごめんね。大丈夫だからタオルをお願いね」

とマリアも俺たちを心配させないよう優しい口調で促す。

アイクはそれに応え、タオルの準備をするために即座にその場を離れようとしたが、俺はアイクに「まって」と言ってその場にとどまってもらい、ジークとマリアを鑑定した。

【名前】ジーク・ブライアント
【ＨＰ】32／126

【名前】マリア・ブライアント
【ＨＰ】62／102

ジークのほうが重傷か。

そして重傷のジークに《ヒール》を唱える。

「《ヒール》！」

【名前】ジーク・ブライアント
【ＨＰ】47／１２６

一回の《ヒール》でＨＰが15回復した。

ということはあと六回で完全回復かなと思い、《ヒール》を六回唱える。

【名前】ジーク・ブライアント
【ＨＰ】１２６／１２６

その光景を見たジークとマリアはとても驚いている。

二人の視線を気にせず俺はマリアにも三回《ヒール》を唱えた。

【名前】マリア・ブライアント

【ＨＰ】１０２／１０２

二人ともＨＰは回復した。

「おとうさん、おかあさんどう？　まだいたい？」

俺がそう聞くと、

「……い、いや助かった。ありがとう」

とジークが言い、マリアも、

「ありがとう！　もう《ヒール》が唱えられるようになったのね！」

俺を抱きしめながら喜んでくれた。

回復した二人はそのまま風呂場に行って、疲れや汚れを落とすようだ。

二人が風呂場に行くのを見届けると、アイクが安堵《あんど》の表情を浮かべながら俺に向かってグータッチを求めてきたので、俺もそれに応じた。緊張が解けたのか二人で声を上げて笑い、その場に座り込んでしまった。


その夜、いつものようにご飯を食べてから、俺は魔法の練習をしようと思い、子供用の椅子から腰を上げかけた時、ジークが「ちょっと待て」と止めてきた。

家族四人でテーブルを囲んでいる。

「今からブライアント家の家族会議を始める。議題はアイクとマルスの今後だ」

ジークがそう切り出し、俺とアイクは顔を合わせた。

「まずお前たちに父さんと母さんの仕事、つまり冒険者としての立ち位置や戦闘スタイルを教えようと思う。俺たちは二人で【茶色の盾《ブラウンシールド》】というパーティを組んでいる。Cランクパーティだ。主にアルメリアの迷宮《ダンジョン》探索をしている。ちなみに父さんはC級冒険者、母さんはD級冒険者だ。冒険者はG級～S級で分けられる。G級、F級は駆け出しでE級が初級、D級が中級くらいでC級が中級から上級、B級以上になると叙爵されたり、騎士団や魔術団の幹部に取り上げられることもある。ここまでで何か分からないことや質問などあるか？」

するとアイクが、

「S級冒険者ってどうやったらなれるの？」

と聞く。

「S級冒険者にどうやってなるかは俺も分からない。何せ俺もB級冒険者までしか見たことがないからな。王都やもっと大きな迷宮《ダンジョン》都市に行けばいるのだろうが。先ほどの話の続きになるが、パーティを組むメリットは、個人のランク以上のクエストを受けられることだ。例えばD級冒険者が四人いるとしよう。一人ではCランク以上のクエストを受けられなくても、四人でパーティを組んでCランクパーティになると、有事の際に強制的にギルドに拘束されてしまうことだ。そしてデメリットだが、Bランクパーティになれば、クエストを受注できるようになる。ギルドは基本あらゆる国から独立している。魔物たちの行進《スタンピード》が起きた時も本来はギルドが冒険者たちの指揮を執る。しかし貴族たちがわが身かわいさに自分たちを守れとギルドに対して命令してくることがほとんどだ。ギルドも国や貴族の圧力を撥《は》ね返すことができないからか、目の前の死にそうな平民より、遠い安全な貴族を守ることもある。それが嫌で俺とマリアはBランクパーティにはならないんだ。俺たちの最優先は家族だからな。もしもの時になったら俺は目の前の死にそうな誰かよりもマリアやアイク、マルスをとる！　何と思われたっていいんだ。ここまでで何かあるか？」

思いのほか重い話だったので、俺とアイクは無言で頷く。

それを見たジークはまた話を続けた。

「魔物が出るのは迷宮《ダンジョン》だけではない。街の外にもたくさんいる。そして最近増えているんだ。お前たちも知っているかもしれないが、先日この地を治めるカーメル伯爵自ら、迷宮《ダンジョン》の魔物の間引きをしてくれと俺ら夫婦のもとに頭を下げに来た。アルメリアの街の外の魔物は弱い魔物ばかりだから俺たちじゃなくても倒せるが、迷宮《ダンジョン》はそうもいかない。俺らだってこの街の安全を守りたいから、マルスたちのことが不安だったが迷宮《ダンジョン》に潜った。ただそれは俺とマリアだけでやろうと思っていた。しかし今日マルスの神聖魔法を見て思ったんだ。アイクやマルスにも手伝ってもらおうと。いきなり迷宮《ダンジョン》に潜れとは言わないから安心してくれ。もっとも、迷宮《ダンジョン》に入れるようになるのはE級冒険者からで、そのE級冒険者にも体が出来上がる十五歳まではなれない。マルスが鑑定の儀を終えるまでは、街の外の魔物の間引きを中心としたクエストしか受注しないつもりだ。本来であればアイクが十二歳になった後のことだと思っていたのだがな」

俺とアイクはまだ無言だった。

ただ真剣に話すジークの言葉をしっかりと聞いている。

「また急に外に出て魔物と戦うのも酷なので二人のために剣術の先生を雇う。期間は一年間だ。一年後にアイクとマルスの成長を見て、改めて判断しようと思う。あと基本的にマルスは戦闘に参加させない。神聖魔法でみんなをサポートしてほしいんだ。剣術の練習はいざという時の自衛のためだ。いいかな?」

「「はい」」

俺とアイクは口を揃《そろ》えて言う。

しかし俺にもどうしても聞いておきたいことがあった。

「おとうさん、おかあさん、きょうのけがはどうしたの?」

ジークが答えようとすると、今まで沈黙していたマリアがこう言った。

「母さんのせいなの。いつものように迷宮《ダンジョン》の一層の魔物は避けて二層の魔物と戦っていたんだけど、気分が悪くなって魔法を唱えるタイミングが遅れてしまったの。私たちはパーティ名に【盾】という文字が入っているように、防御主体の戦闘スタイルなのよ。詳しく言うと、父さんは《土砦《アースフォートレス》》、母さんは《氷砦《アイスフォートレス》》という魔法を主体にして戦うのだけど、母さんの《氷砦《アイスフォートレス》》の発動が遅れて攻撃を受けてしまったのよ。それを父さんがかばってくれてなんとか魔物は倒せたけど、怪我をしてしまったというところね」

「ぽーしょんとかいつももっていかないの?」

「そうね。今までは回復促進薬《ポーション》持っていたんだけどね。でも回復促進薬《ポーション》はあくまでも薬だからすぐに回復はしないのよ。あくまでも回復促進の薬ね」

「おしえてくれてありがとう。こんどからはぽーしょんをもっていってね」

マリアが俺の言葉に頷くと、ジークがとても重要なことを言う。

「もう一つお前たちに伝えることがある。お前たちに弟か妹ができる」

「――！！！！！！！！！！！！！！！！！！！」

めっちゃびっくりした。

妊娠《にんしん》していたから迷宮《ダンジョン》で体調崩して、今回の怪我につながったのか……。

「もうむりはだめだよ」

「ええ。明日からは家であなたたちと過ごすわ」

俺がそう言うとマリアが、俺とアイクの頭に優しく手を乗せ、微笑《ほほえ》んだ。

第４話　初体験

一年後。
俺とアイクはとても頑張った。
幼少期にこんなに頑張る人なんているだろうかというくらい頑張った。
その成果がこれだ。

【名前】マルス・ブライアント
【称号】－
【身分】人族・平民
【状態】良好
【年齢】三歳
【レベル】１
【ＨＰ】４／４
【ＭＰ】２５８４／２５８５
【筋力】３（＋１）
【敏捷】４（＋２）

【魔力】18（＋８）
【器用】７（＋３）
【耐久】３（＋１）
【運】30
【固有能力】天賦（ＬｖＭＡＸ）
【固有能力】天眼（Ｌｖ３）
【固有能力】雷魔法　Ｓ（Ｌｖ０／20）
【特殊能力】剣術　Ｂ（Ｌｖ１／17）（０↓１）
【特殊能力】風魔法　Ａ（Ｌｖ８／19）（５↓８）
【特殊能力】神聖魔法　Ｃ（Ｌｖ２／15）（０↓２）

まず大幅にＭＰが上がった。

ＭＰが上がりすぎて消費するのが厳しくなった頃に、風魔法を体に纏うことができるようになり、剣術の訓練をしながらＭＰを消費して、効率的にＭＰを枯渇できるようになった。

ちなみにこの風魔法を体に纏う魔法を《風纏衣《シルフィード》》と名付けた。

毎秒ＭＰを１消費するので一分で60消費する。

まだそこまで爆発的な身体能力向上はできないが、《風纏衣《シルフィード》》発動中はアイクと少しだけだがまともな剣戟《けんげき》ができるようになった。

以前に予想していたように魔法のレベルが上がると魔力が１上がり、剣術のレベルが上がると敏捷、器用がそれぞれ１ずつ上がることが確認できた。

ちなみに剣術といっても三歳の俺でも握れるような小さい木剣を使って訓練している。

アイクのステータスも伸びている。

【名前】アイク・ブライアント
【称号】—
【身分】人族・平民
【状態】良好
【年齢】六歳
【レベル】１
【ＨＰ】12／12
【ＭＰ】70／70
【筋力】８（＋５）
【敏捷】９（＋４）
【魔力】３（＋１）
【器用】６（＋３）
【耐久】８（＋５）

【運】10
【特殊能力】剣術　C（Lv2／15）（1↓2）
【特殊能力】槍術　B（Lv1／17）（0↓1）
【特殊能力】火魔法　C（Lv1／15）

六歳を迎えた日にアイクのステータスが一気に伸びた。もしかしたら六歳以降加齢と共にステータスが上がるのかもしれない。

アイクは家庭教師のフランクにひたすら剣術と槍術を鍛えられていた。

かなり無理をして多少怪我もしたが、フランクに隠れて俺が《ヒール》で回復する。

その結果、アイクの槍術のレベルが上がったのだが、槍術もレベルが上がるとステータスが上がるようで、筋力、耐久共に1ずつ上がった。

だが火魔法だけはマリアが見ている時しか使用の許可が下りず、あまり訓練できないでいる。

さすがに家の中では訓練できないし、庭でも一歩間違えれば大事になるからな。

そしてアイクの一番の成長が、火精霊の剣《サラマンダーソード》を振れるようになってきたことだ。

ジーク、マリアだけでなく、フランクもびっくりしていた。

まだ振るのが精一杯だが凄い成長速度だ。

もしかしてアイクは俺以上の努力の天才か？

そしてなんといっても大きく環境が変わったのは、ブライアント家の三人目の子供、長女のリーナの誕生だ。
父のジークが茶髪。
母のマリアも茶髪。
兄のアイクは赤髪。
俺は金髪。
そしてリーナは茶髪。
リーナはこんな感じの鑑定結果だった。

【名前】リーナ・ブライアント
【称号】ー
【身分】人族・平民
【状態】良好
【年齢】〇歳
【レベル】１
【ＨＰ】１／１
【ＭＰ】０／０
【筋力】１
【敏捷】１

【魔力】1
【器用】1
【耐久】1
【運】10
【特殊能力】水魔法　D（Lv0／13）
【特殊能力】土魔法　E（Lv0／11）

まさにジークとマリアの子供というスキルを持っていた。

リーナはジークとマリアだけではなく、俺とアイクのアイドルでもあった。

ブライアント家初めての女の子でかわいくないわけがない。

最近俺も近所の子供たちと会う機会が少し増えて、そのたびに鑑定をするのだが、才能がD以上という子供は一人も見たことがない。

アイクと同い年の子供たちを昨日鑑定したら、このような結果となっていた。

まずは男の子モーブ。

【名前】モーブ
【称号】－

【身分】人族・平民
【状態】良好
【年齢】六歳
【レベル】１
【ＨＰ】８／８
【ＭＰ】５／５
【筋力】３
【敏捷】２
【魔力】１
【器用】２
【耐久】３
【運】１

次に女のパンミ。

【名前】パンミ
【称号】－
【身分】人族・平民

【状態】良好
【年齢】六歳
【レベル】1
【HP】8／8
【MP】5／5
【筋力】2
【敏捷】2
【魔力】1
【器用】3
【耐久】2
【運】1
【特殊能力】細剣術　G（Lv0／5）

ブライアント家の子供たちがいかに凄いか少しは分かってくれたかな？
俺たちは全員D以上の才能がある。
ジークとマリアはある意味凄い才能の持ち主なのだろうか？
ブライアント家の人間が増えれば、魔物の討伐も楽になるのではと思ってしまう。
まぁ何も言わなくても、まだまだ子供は増えていくだろうが。

まだ二十三歳だしあと二、三人は弟か妹が増えるだろう。

もう一つ気になったことがある。それはファミリーネームだ。ファミリーネームは平民でも名乗れるが、名乗るには登録料が必要らしく、平民でわざわざ登録するものは少ないということだ。

そして今日はアイクの鑑定の儀の日。

誰でも六歳になったら無償で鑑定をしてもらえる日なのだが、アイクはもう鑑定済みだし、何よりジークとマリアはアイクの才能が外に漏れるのを嫌がったので教会には行かなかった。

教会に行かずに訓練を終えた後、今日もブライアント家で第二回家族会議が開かれた。

議題はブライアント家の今後についてだ。

リーナを除いた四人でテーブルを囲む。

「さてあれから一年が経った。父さん的にはアイクとマルスは予想以上の成長をしているように思う。去年言ったように、明日から父さんとアイクで街の外の魔物の間引きをしようと思う。マルスも神聖魔法でサポートしてほしいのだが、みんなの意見を聞きたい」

「僕は、そのために一生懸命訓練してきたよ。まだ火精霊の剣《サラマンダーソード》を使いこなすことはできないけど、お父さんと街の外に出て魔物の間引きをしてみたい。でも、マルスの《ヒール》がなければここまでの訓練の成果はなかったから、マルスも一緒に連れて行って欲しいな」

ジークが俺にサポートしてほしいと言ったあとで、改めてアイクが俺の同行の許可を求めたのには理由がある。

マリアを説得するためだ。

マリアも絶対に反対というわけではないらしいが、やはり心配という気持ちが強いのであろう。

街の外には魔物だけではなく、盗賊もいる。

「私はやはり不安ね。マルスを連れて行けば、神聖魔法である程度の傷は癒やせる。戦闘が安定することは間違いないと思う。だけど連れて行くと、いざという時に逃げることができない。まだ三歳。いくら天才、神童とはいえ、あまりにも早すぎると思うの。私はアイクですらまだ早いと思っているのに……せめて私も一緒に行ければいいのだけれども、リーナがいるからそれは無理だし」

三人とも「うーん」と唸《うな》ってしまう。

別に誰も間違ったことは言っていないのだ。それに皆冷静に考えている。

俺は今回の件について発言権がないと思い、黙っている。

本当は俺も参加したいが、マリアが言うことも分かる。

というか普通に考えればマリアの言うことが正しい気がするからだ。

沈黙を破ったのはアイクだった。

「お母さんの言うことは分かるから、一週間だけギルドに護衛クエストを発注することはできないの？　それかお父さんとお母さんの親しい人で、頼れる人がいれば、その人に頼めない？」

「護衛クエストだと指名しないとダメだな。そして指名クエストを出してもいいと思える人に心当たりがない。父さんと母さんの知り合いでも適任者はいない。アイクやマルスのおじいちゃん、おばあちゃんとは、ちょっと顔を合わすことができない事情があるんだ。残りは奴隷か……ただ奴隷を買うにもお金が必要で、買った後も奴隷の面倒を見なくてはならない。迷宮《ダンジョン》に潜れない以上大きな支出はしたくない」

そういえば俺はおじいちゃん、おばあちゃんと会ったことがないし、話も聞かない。

何かあったのだろう。

そしてあまり考えたことがなかったけど、迷宮《ダンジョン》に潜るとかなり儲《もう》けられるんだな。

周りには平民しかいないが、準男爵もある意味平民、しかし周りの平民とブライアント家の生活水準は明らかに違う気はする。他の準男爵家はどうなのだろうか？

迷宮《ダンジョン》に潜るのが儲かるというよりも、ジークたちが優秀なだけかもしれないが。

そしてこの世界には奴隷がいるらしい。

奴隷もきちんと面倒を見ないといけないというジークの発言を聞いて、なんだか誇らしかった。

ただ完全に手詰まりだな。と思っていたら、

「マルスはどう思っているの？　正直に言ってごらんなさい」

とマリアが尋ねてきた。

「僕は父さんとアイク兄と一緒に行ってみたい。ただお母さんが言うのも分かるんだ……」

「……じゃあ……当初の予定通り三人で行ってきなさい。ただし遠い場所や魔力溜《だ》まりができやすい場所は行かないでね。あと装備はまだ子供だからできないけど、道具は揃えて持って行ってね。ＨＰが低いマルスは絶対に魔物に近づかないこと。《ヒール》が唱えられない状況もあるかもしれないから、回復促進薬《ポーション》は必ず持って行ってね。あなた、よろしく頼むわよ」

マリアが折れてくれたので三人で行けることになった。

明日から街の外で魔物退治。

というか俺は街の中もあまり知らないから、家から出られるだけでも嬉しい。


「気を付けてね。無理はしちゃだめよ」

マリアがそう言って俺たち男三人を送り出してくれる。

「任せておけ。子供たちに怪我はさせないよ」

「「いってきまーす」」

ジークは杖を持ち、腰には短剣を差し、アイクは木剣を装備している。

俺も木剣をと思ったのだが、マリアに反対され没収された。魔物が近づいてきたら応戦するのではなくて、《ウィンド》で遠ざけるか、逃げなさいと。間違っても応戦するのはダメと言われてしまったのだ。まぁ普通に考えればそうだよな。

まず冒険者ギルドに向かって常時依頼の魔物討伐のクエストをジークが受注する。

俺とアイクはギルドには入らず、ギルドから少し離れた外で待つ。

ギルドに三歳と六歳の子供が入ると揉《も》めるに決まっているからだ。

ジークがクエストを受注して戻ってくると、三人で街の西側の出入り口に向かう。

迷宮《ダンジョン》都市アルメリアは四方を大きな石壁で覆われている。街の出入り口は東西南北の各一か所ずつの計四か所にしかない。

すべての出入り口に門番がおり、出入りするには門番の検問を通る必要があるらしい。

後に聞いたのだが、これは外敵から守るという意味もあるというより、迷宮《ダンジョン》から魔物が溢《あふ》れてきた時に封鎖するという意味のほうが強いらしい。どの街もこのような作りになっているとのことだ。

無事に西側の検問を抜けると、そこには緑の絨毯《じゅうたん》のように草原が広がっていた。

遠くには牛や山羊《やぎ》が放牧されている。

俺とアイクはしばらく外の景色に見とれていた。

数分後、ジークが「そろそろ行くか」と言って草原を進む。

「こんなにすぐに見つかるとは」

ジークが少し緊張した面持ちで言った。

何のことか分からない。

アイクのほうを見ても、アイクもよく分かってないようだ。

するとジークが、

「向こうにゴブリンが3体いる。分かるか？」

と指をさす。

正直俺は分からなかったので、

「分かりません」

素直に答えた。

アイクも分からなかったらしい。

まだジークが指さしている方向を一生懸命見ている。

「まだ距離があるからな。じゃあ父さんが手本を見せる。二体父さんが倒すから、残りの一体をアイクが倒してみなさい。《ファイア》を当てれば倒せるはずだ。もしも当たらなくても、父さんが倒すから心配するな」

そういうとジークは俺たちの先頭に立ってゆっくりと歩いていく。

少し進むと俺たちにもゴブリンが視認できるようになった。

思ったよりも背が低い。アイクと同じくらいだろうか？　百二十センチメートル前後くらいだ。

肌は緑に少し茶色が混ざっている感じだろうか。

ゴブリンたちに気づかれないように、ゆっくり近づいていく。

ゴブリンたちはゲラゲラ笑いながら地面を注視している。

ゴブリンを鑑定してみると、

【名前】ー
【称号】ー
【種族】ゴブリン
【脅威】G
【状態】良好

【年齢】一歳
【レベル】１
【ＨＰ】20／20
【ＭＰ】１／１
【筋力】７
【敏捷】４
【魔力】１
【器用】１
【耐久】６
【運】１

脅威度Ｇというのは恐らく一番弱い魔物だろう。だが今の俺よりも筋力、耐久が高い。アイクと互角くらいか。これは近づいて戦うのはよした方がいいな。

「行くぞ。まず見てろ」

小さな声でジークが囁《ささや》く。

「《アースバレット》！」

中央にいたゴブリンの頭に、鋭く尖《とが》った土の塊が直撃して貫通する。

《アースバレット》を食らったゴブリンは音もなくそのまま倒れた。

「「ギャギャ⁉」」

残りの二体がこちらを向く。

「《アースバレット》！」

今度は右側のゴブリンの頭を直撃した。

残り一体のゴブリンは迷わずこちらに突っ込んでくる。

「アイク、《ファイア》の準備はいいか？」

アイクは少し緊張しているのかジークの言葉に返事をせずに、表情を硬くしたまま頷くだけだった。

「大丈夫だ。もしも倒せなかったら父さんが倒すから。やってみなさい」

緊張しているアイクにジークが優しく声をかけると、アイクは狙いを定めてから返事をする。

「はい！《ファイア》！」

アイクの放った《ファイア》がゴブリンに吸い込まれていく。

ゴブリンはまともに直撃し、その場で数秒もがくが、死ぬまでに少し時間が掛かった。

もう一度アイクが《ファイア》を唱えるとようやく絶命した。

「よし、よくやった。どうだった？」

「ちょっと怖くてまだ少し手が震えているけど、何回か倒せば慣れると思います」

ジークは頷くといつも腰に下げている短剣を使って、最初に倒した二体のゴブリンの心臓付近から魔石を取り出した。続けてバッグから火打石のような物を取り出すと、火を起こし、魔石を取りだしたゴブリンの死体を焼く。

「魔物を倒したら魔石を必ず取ること。これはギルドに行けば買い取ってもらえる。もっとも脅威度Ｆ、Ｇの魔物の魔石は二束三文にしかならないけどな。あと外に出てくる魔物は最後に必ず燃やすこと。アンデッドになったら困るからな。ただ特定の魔物の素材は使えるからそれは追々説明する。とりあえずアイクは自分で倒したゴブリンの魔石を取ってみなさい」

　アイクは指示通りに燃やしたゴブリンに近づいて無事に魔石を取りだした。

「よし。次いくぞ。今度アイクは木剣を使ってみなさい。危ないと思ったら、すぐに父さんが参戦するから安心しなさい。マルスは神聖魔法の準備を」

　そう言って次の獲物を探し出す。

「お父さん、次ゴブリンが出たら僕も魔法を試したい」

　俺の言葉にジークは首を横に振る。

「残念ながら《ウィンド》では魔物は倒せないから駄目だ」

「うん。《ウィンド》ではなく《ウィンドカッター》を使おうと思うの。《ウィンドカッター》でもダメかな？」

「っ⁉　《ウィンドカッター》を覚えたのか？　どこで？」

「初級魔法の《エアブレイド》を使っていたらたまたまできて……お母さんに聞いたら《ウィンドカッター》という魔法があると言われて、安全な所で訓練していたんだ」

「……そうか。では次、試してみるか」

「うん！」

次の目標を見つけるまで時間はかからなかった。

またゴブリン三体だ。

前回と違うのはゴブリンたちがもうこちらに気づいているということだ。

その距離百メートルといったところだ。

ゴブリンたちはこちらに向かって走ってくる。そんなに足は速くない。

「マルス！　父さんはマルスの射程距離が分からないから、射的距離内に入ったら《ウィンドカッター》を放て！　マルスが撃ったら父さんも《アースバレット》を撃つ！　アイクは残りの一体を剣で倒してみなさい」

「「はい」」

ゴブリンが近づいてくる。

五十メートル。

四十メートル。

三十メートル。

狙うは首だ。あらん限りの魔力を込めた右手で、剣を振り下ろす動作をし、叫ぶ。

「《ウィンドカッター》！」

俺の《ウィンドカッター》はゴブリンの首をいとも簡単に落とした。

そのあとジークの《アースバレット》ももう一体のゴブリンの頭を貫通した。

残ったゴブリンの右肩にジークが短剣を突き刺してから、アイクが木剣を構え、ゴブリンと正対する。
左手で右肩を庇《かば》うようにしてゴブリンが迫ってくる。ゴブリンは攻撃手段を持たないままアイクの木剣に斬られ続け、絶命した。

順調にゴブリンを倒しまくる。
俺はひたすら《ウィンドカッター》でゴブリンを倒す。
アイクも《ファイア》でゴブリンを焼き殺す。
一時間くらい経ったところでアイクが、
「なんか強くなった気がする！」
満面の笑みで言っていたので、鑑定してみると、

【名前】アイク・ブライアント
【称号】ー
【身分】人族・平民
【状態】良好
【年齢】六歳
【レベル】２（＋１）

【HP】12／17
【MP】20／71
【筋力】10（＋2）
【敏捷】11（＋2）
【魔力】4（＋1）
【器用】6
【耐久】10（＋2）
【運】10
【特殊能力】剣術　C（Lv2／15）
【特殊能力】槍術　B（Lv1／17）
【特殊能力】火魔法　C（Lv1／15）

おー確かにレベルが上がっている。

ただ俺は天眼のことを誰にも話していないので、

「アイク兄凄い！　どんな感じなの？」

と当たり障りない調子で聞く。

「なんとなく体が軽くなった感じかな。本当にレベルアップしたかは分からないけど」

違いが分かるくらいレベルアップの影響は大きいみたいだ。

俺は自分のステータスを確認するが、まだレベルアップはしていない。

天賦のせいで他の人の三倍の経験値が必要なのだ。

「今日は早いけどあと少ししたら帰ろう。お昼ごはんは家族全員で食べようと思う」

俺はもっとやりたかったが、ジークから声がかかった。我儘《わがまま》を言うともう連れて行ってくれないと思い、黙って頷く。アイクも同じように頷いていた。

そのあとはゴブリンを五体倒してから街に戻った。ちょうど昼前だ。

ギルドに寄って討伐クエストを完了させる。

受け取った金額から考えると、これくらいの魔物では一家を養っていくことは難しいだろう。

もっと頑張って役に立てるようにならないと。

昼過ぎには家についた。マリアは予想よりも早く帰ってきたことにびっくりしていたが、みんな無事に帰ってきてほっとしたようだ。

昼食を食べた後に少し訓練をして寝た。最低でも一日二回はＭＰを枯渇させないと気が済まない。

そして翌日俺たちはまた街の外に向かった。

今日の目標は俺のレベルアップだ。

早めに索敵をして俺が《ウィンドカッター》でゴブリンをやっつける。

狩りを始めてから一時間くらいしてようやく俺のレベルが上がった。

【名前】マルス・ブライアント
【称号】－
【身分】人族・平民
【状態】良好
【年齢】三歳
【レベル】２（＋１）
【ＨＰ】９／９
【ＭＰ】２４８４／２５９０
【筋力】６（＋３）
【敏捷】７（＋３）
【魔力】22（＋４）
【器用】10（＋３）
【耐久】６（＋３）
【運】30
【固有能力】天賦（ＬｖＭＡＸ）
【固有能力】天眼（Ｌｖ３）
【固有能力】雷魔法　Ｓ（Ｌｖ０／20）
【特殊能力】剣術　Ｂ（Ｌｖ１／17）

【特殊能力】風魔法　Ａ（Ｌｖ８／19）
【特殊能力】神聖魔法　Ｃ（Ｌｖ２／15）

運以外のすべてのステータスが３、魔力に関しては４も上がった。

我ながら凄い才能だなと思う。

「多分僕もレベルが上がった！　少し力が湧いてきた感じするもん！」

「マルスはレベルが上がりにくいのかもしれないが、着実に成長しているから焦らず頑張るのだぞ」

ジークにレベルアップしたことを伝えると励ましてくれた。

そのあともひたすらゴブリンを狩り続ける。

どうやらまたアイクのレベルが上がったようだ。

それにしてもやたらゴブリンがいるな。

昨日今日で百匹は軽く倒したと思うのだが、遭遇率《エンカウント》が減らない。

夕方まで狩りをし、帰る最中にジークに聞く。

「ゴブリンっていつもこんなにいるの？」

「いや、今回は異常だ。ギルドに報告しておこうと思う」

ジークがギルドにクエスト完了報告とゴブリンの異常発生を知らせに行った。

少し経つと浮かない顔をしてギルドから戻ってくる。

何かあったのだろう。だが俺もアイクもそれを聞かない。

俺らに必要な情報であればジークは必ず教えてくれるからだ。

家に着くと、マリアが出迎えてくれた。

そして夕食後にジークが口を開いた。

「どうやら最近アルメリアの東のほうで魔物たちの行進《スタンピード》の前兆があるらしい。E級以下の冒険者は東の魔物の討伐で忙しいようだ。そしてD級以上の冒険者は迷宮《ダンジョン》に入っている。迷宮《ダンジョン》の魔物が溢れてきたら最悪だからな。これは仕方ない。しかし西側も異常にゴブリンが発生している。それを報告したらギルド側から指名クエストが出された。西側の調査をしてくれと。報酬はかなり高いが、正直迷っている。放っておいても家族に危険が迫るし、調査しても危険だ。皆の意見が聞きたい」

するとアイクが最初に意見を出した。

「僕は調査に行くべきだと思う。ゴブリンくらいであれば僕やマルスも力になれるから」

この言葉にマリアが反論する。

「あまりにも危険だわ。出てくるのがゴブリンだけならいいけれど、ゴブリンが街の付近までくる理由は、自分たちの住処《すみか》にもっと強いのが住み着いて追い出されたから、という可能性もあるわ。ゴブリンは魔物の中では最弱の部類。コボルトくらいであればなんとかなるかもしれないけど、オークの群れとかいたら危なすぎるわ」

俺も発言した。

「僕は調査に行きたい。けど今すぐには足手まといになる可能性があるのでやめとくよ。もともとお母さんとは危ないところに行かないという約束をしたから。指名クエストはいつまでにやらないといけないの？　まだ先には延ばせないの？」

「ふむ。マリアとマルスが言うことはもっともだ。もちろん俺も調査には行きたいがな。指名クエストはとりあえず保留にしておこう。これからも今まで通り街の付近で魔物の討伐をする。コボルトとも戦わせてみたいしな。マリア、ありがとう。そしてごめんな。嫌な役を引き受けさせてしまって。いいな？　アイク？」

「はい。明日からまた気を引き締めて頑張ります！」

それからずっと街の付近でゴブリン狩りを続けた。

たまにコボルトが現れたが、《ウィンドカッター》ですぐに倒せた。

ちなみにコボルトはこんな感じのステータスだった。

【名前】－
【称号】－
【種族】コボルト
【脅威】G
【状態】良好
【年齢】一歳

【レベル】1
【ＨＰ】15／15
【ＭＰ】1／1
【筋力】5
【敏捷】7
【魔力】1
【器用】1
【耐久】4
【運】1

一体だとちょっとすばしっこいだけで楽に倒せるのだが、基本的に群れていることが多い。

十体一緒に出て来た時は、撤退しながら全滅させた。

少しでも有利な態勢で戦いたいからだ。

それでも攻撃は食らってしまう。俺やアイクが攻撃されないようにジークが盾となってくれる。

ただし僕たちに経験を積ませようとしているのか、まだジークの《土砦《アースフォートレス》》は見たことがない。

そして一年弱が過ぎた。

第5話　急成長

こちらの世界では、一月《つき》が三十日、一年が三百六十日ということを知った。

「よし、レベルが上がった」

アイクが嬉しそうに言うので鑑定してみると

【名前】アイク・ブライアント
【称号】ー
【身分】人族・平民
【状態】良好
【年齢】七歳
【レベル】９（＋７）
【ＨＰ】44／49
【ＭＰ】１０４／３１２
【筋力】30（＋20）
【敏捷】25（＋14）
【魔力】16（＋12）

【器用】14（＋8）
【耐久】27（＋17）
【運】10
【特殊能力】剣術　Ｃ（Ｌｖ３／15）（２↓３）
【特殊能力】槍術　Ｂ（Ｌｖ２／17）（１↓２）
【特殊能力】火魔法　Ｃ（Ｌｖ３／15）（１↓３）
【装備】鉄の剣

レベルが上がったのもあるが、やはり七歳になった時にステータスが伸びたので、俺がこの前立てた、六歳以降加齢と共にステータスが伸びるという仮説は正しいのかもしれない。

前衛能力に磨きがかかり、今は鍛冶屋《かじや》でアイク用に作ってもらった、刀身が少し短い軽量モデルの鉄の剣を装備し、ゴブリンたちを倒している。火精霊の剣《サラマンダーソード》はまだ少し重いというので装備していない。

それとアイクは初級火魔法の魔導書に載っていた《ファイアアロー》も覚えている。《ファイアアロー》は《ファイア》で敵を追尾する魔法だ。

アイクの火魔法レベルが大きく上がった理由の一つは、外で存分に火魔法が使えるということと、魔物を倒した後《ファイア》で焼くからというのがある。

おかげで家に帰ってからマリアの前で二、三回魔法を使うとＭＰが枯渇するので、最大ＭＰも上がっている。

マリアの前で火魔法を使う理由は、何かあった時にマリアの水魔法で速やかに消化するためだ。

しかしＭＰを枯渇させれば絶対にＭＰが上がるというわけではないらしい。アイクは寝る前に必ずＭＰを枯渇させるが、上がらない日もあるのだ。これも才能なのかもしれない。

俺はというと、

【名前】マルス・ブライアント
【称号】－
【身分】人族・平民
【状態】良好
【年齢】四歳
【レベル】５（＋３）
【ＨＰ】20／25
【ＭＰ】２７２０／３４２４
【筋力】17（＋11）
【敏捷】18（＋11）
【魔力】38（＋16）
【器用】33（＋13）

【耐久】16（＋10）
【運】30
【固有能力】天賦（LvMAX）
【固有能力】天眼（Lv5）　（3↓5）
【固有能力】雷魔法　S（Lv0／20）
【特殊能力】剣術　B（Lv2／17）　（1↓2）
【特殊能力】火魔法　G（Lv1／5）　（NEW）
【特殊能力】水魔法　G（Lv1／5）　（NEW）
【特殊能力】風魔法　A（Lv10／19）　（8↓10）
【特殊能力】神聖魔法　C（Lv3／15）　（2↓3）

ステータスもかなり上がり、マリアに手伝ってもらいながら火魔法と水魔法も新たに習得することができた。才能はGだが、前世の才能はG以下だったと思うと頑張れる。

今回は何といっても天眼のレベルが5になったことが大きい。

天眼のレベルが上がってからスキルや装備の詳細が分かるようになった。

例えば俺がずっと使おうか迷っている雷魔法を鑑定すると、

【固有能力】雷魔法

天より与えられた魔法。その威力は他の魔法の追随を許さない。

扱うにはかなりの魔力操作の訓練が必要。


なんかかなり怖いこと書いてある。

火精霊の剣《サラマンダーソード》を鑑定すると、

【名前】火精霊の剣《サラマンダーソード》
【攻撃】35
【特殊】魔力＋２
【価値】Ｂ
【詳細】ミスリル銀で作られた魔剣。剣に火魔法を付与《エンチャント》すると攻撃力が上がる

チートアイテムだな。

風魔法もレベル10になった。

《風纏衣《シルフィード》》の性能も上がり、風魔法の発動の速度も速くなった、《ウィンドカッター》に至っては魔法の発現が一瞬になったし、射程距離も長くなっていた。

また《ヒール》の回復量も増えた。以前ジークとマリアの怪我を治した時は15しか回復しなかったのだが、アイクが思わぬダメージを受けた時に《ヒール》を唱えると29回復したのだ。

以前ジークを回復させた時の魔力が10で、HPを15回復させることができた。つまり、ヒールの回復量は10＋（2／魔力）ということが推測できる。

そして今日、俺は家族に鑑定のことを話すつもりなのだが、あえて天眼ではなく、鑑定と言おうと思っている。

天眼はこの先もっと凄い能力になりそうだからだ。

なんせ亜神様の力が込められた能力だしね。

いつものように夕食が終わり、リーナを除いた家族でテーブルを囲んでいる時に話し始める。

「お父さん、お母さん、アイク兄。聞いてほしいことがあるんだ」

みんながこちらを向く。

「実は少し前に、鑑定が使えるようになったみたいなんだ」

みんなびっくりして俺の方を見る。

「するとマルスは全員のステータスが分かるのか？」

ジークが確認してきたので、

「うん。全員のステータスが分かるよ。あとその火精霊の剣《サラマンダーソード》がとても凄い武器で、隠された能力があるということもね」

俺は家族全員の能力をみんなに伝えた。

アイクは火精霊の剣のステータスに喜んでいたが、それ以上にジークとマリアが喜んでいた。

それはリーナに水魔法と土魔法の才能があったからだ。

ジークが言うには、この世界の四大属性の魔法の中では水魔法と土魔法が特に強いらしい。

「俺からも話がある。もう一度アルメリアの西側の調査のことを話し合ってみないか？　この一年ずっとゴブリンを狩り続けてきたが、まったく減る兆候がない。これは他の魔物が住み着き、ゴブリンが追い出されたというよりも、明らかにゴブリンの数が異常に増えているのだと思う。信じられないことにアイクとマルスが、ゴブリン相手に後れを取ることもないしな」

「そうね。一年しか経ってないけど、アイクとマルスにとってはもう一年ね。レベルも上がってきて戦闘も安定しているようだし、私もいいと思うわ。二人に忠告するけど、突然レベルが上がりにくくなる時があるから覚悟はしてなさい。あと弱い魔物を倒し続けてもレベルが上がらなくなるからね」

ジークの提案にマリアが答えると、ジークが俺たちにも問う。

「お前たちはどうだ？　行きたいか？」

「「はい」」

「よし！　明日指名クエストを受けるから、アイクとマルスは早く寝ること。いいな？」

再度ジークに問われ「「はい」」と返事をし、明日に備えて早めにベッドに潜る。


翌日俺とアイクは起きるのがとても早かった。

二人で剣の訓練を庭でしていると、ジークとマリアもとてもスッキリした顔で起きてきた。

これは四人目ももうすぐだなと思って二人を見ると、二人は目をそらした。

「さて、ご飯食べて準備して調査に行くか。もしかしたら帰るのが遅くなるかもしれないから、回復促進薬《ポーション》はいつもより多く持っていこう。特に魔力回復促進薬《マジックポーション》は必須だな」

魔力回復促進薬《マジックポーション》は一回飲んだことがある。ＭＰが徐々に回復する薬だ。正直あまり美味《おい》しくない。


いつものように準備を整えてから冒険者ギルドに向かい、ジークが指名クエストを受注する。

冒険者ギルドから出てきたジークがこう言ってきた。

「なんか指名クエスト受けるだけでとても感謝されたよ。もしクエスト成功したらマスタールームに来いって言われた。その時はお前らも呼ぶからな」

俺とアイクは嬉しくて飛び上がった。

二人ともかねてから冒険者ギルドに入りたかったのだ。

そして今回は特別にギルドから馬車が出るらしい。

というのも、ギルドマスターはジークが一人で調査に向かうと思っているから、何かあったらすぐに逃げられるように手配してくれたのだ。

馬を囮《おとり》に使ってもよいと言われたようで、これでぐっと危険度が下がった。


アルメリア西の検問から一キロメートルの地点にいる。

やはりゴブリンとの遭遇《エンカウント》率が異常に高い。

俺らが狩っていなかったらどうなっていたのだろうか？

この地点に至るまでに三十体くらいは倒している。

今回は馬車で来ているので移動と荷物の負担がなくてとても楽だ。

馬がゴブリンを怖がっていたが、目の前でどんどん狩っている間にあまり怖がらなくなった。

いつもであればこの辺りでゴブリン狩りをするのだが、今日はもっと西を目指す。

御者台にはジークが乗っており、俺もジークの前にちょこんと乗っている。

ゴブリンを視認できたら《ウィンドカッター》で切り刻むのだ。

アイクは馬車の中で外を見て、危なくなったら出動という感じだ。

まぁ当分出動の機会はないだろうが。

道中ジークにこんなことを聞いてみた。

「お父さん、このまま西に行くと何があるの？」

「西には鉱山がある。この鉱山はもう掘りつくされているらしく、父さんが生まれる前には廃坑となっていたが。麓《ふもと》の村も鉱山が廃坑となった時に廃村となったらしい」

西に行けば行くほどゴブリンとの遭遇率《エンカウント》が上がった。

ゴブリンを倒し続け、西に進むと廃村と思われる集落が遠くに見えてきた。

俺はジークにＭＰを使い切っていいと言われ、後先を考えずに魔法を発動していたので、あと少しでＭＰ切れとなって寝てしまうだろう。《ウィンドカッター》でゴブリンを倒してから《ファイア》で焼くまですべて一人でこなしているからな。

なぜかというと、俺が寝ている間にジークとアイクが馬車を守り、ＭＰが回復して俺が起きたら、廃村を探索することに決まっていたからだ。

ゴブリン狩り《雑魚狩り》は俺が一番適任というのもあるだろう。

最後のMPを使うとレベルが上がった。鑑定するMPすら残っていないから、このまま寝よう。

ジークにMPが尽きたから寝ると言うと、俺を馬車の中に連れて行って寝かせてくれ、アイクが俺と入れ替わって外に出る。


3時間を少し過ぎたくらいで目が覚めると、ジークとアイクは外で警戒しながら談笑している。

早速自分を鑑定してみる。

数か月ぶりにレベルが上がってワクワクしているのだ。

【名前】マルス・ブライアント
【称号】―
【身分】人族・平民
【状態】良好
【年齢】四歳
【レベル】6（+1）
【HP】25／30
【MP】3426／3427

【筋力】20（＋３）
【敏捷】22（＋３）
【魔力】42（＋４）
【器用】36（＋３）
【耐久】19（＋３）
【運】30
【固有能力】天賦（ＬｖＭＡＸ）
【固有能力】天眼（Ｌｖ５）
【固有能力】雷魔法　Ｓ（Ｌｖ０／20）
【特殊能力】剣術　Ｂ（Ｌｖ２／17）
【特殊能力】火魔法　Ｇ（Ｌｖ１／５）
【特殊能力】水魔法　Ｇ（Ｌｖ１／５）
【特殊能力】風魔法　Ａ（Ｌｖ10／19）
【特殊能力】神聖魔法　Ｃ（Ｌｖ３／15）

ＨＰが少ないのが気になるが、能力的にはかなり強くなっている。

アイクといい勝負ができるようになっただろうか？

「お父さん、アイク兄。おはよう。《ヒール》使うね」

と言って俺は二人のＨＰを回復させる。

「ありがとう。マルスが寝ている間もゴブリンがかなりきた。どうやら廃村のほうからきているから、廃村の探索は気を引き締めるぞ！」

「「はい！」」

廃村に近づくにつれて、ゴブリンとの遭遇率《エンカウント》がさらに高くなる。

この村に何かあるっぽいな。

廃村の入り口にたどり着き、村の中を見ると、ゴブリンが五十体くらいいる。家の中にもいるだろうから、合計で百体はいると考えてもよさそうだ。

作戦はもう立ててある。

まずアイクがゴブリンたちの中心あたりに《ファイア》を放つ。

こちらに気づいたら、村の出入り口から俺が《ウィンドカッター》で切りまくる。

近くに寄ってくればまとめて倒せるからＭＰの効率も上がる。

対処しきれなくなったらアイクが助けてくれるし、危なくなったらジークもいる。

三人で決めた作戦を決行した。

まずゴブリンに《ファイア》を当てる。

「ギャギャギャギャー！！！」

叫び声を聞いたゴブリンたちは俺たちを見つけ、家の中からも何十体と出てきた。

ゴブリンたちが一斉に俺たちに向かってくると、俺は十分に引き付けてから《ウィンドカッター》を放つ。
小一時間戦って全部倒しきり、《ファイア》でゴブリンの死体の山を焼き払う。
魔石だけが残されるので、拾って馬車の中に入れ、村に入ろうとした時だった。
山肌にある一番大きな家の扉が開いた。
そこには二十体くらいのゴブリンと一際大きいゴブリンがいた。
その大きいゴブリンを鑑定してみる。

【名前】ー
【称号】ー
【種族】ホブゴブリン
【脅威】E
【脅威】
【状態】良好
【年齢】十歳
【レベル】3
【HP】50／50
【MP】1／1
【筋力】25

【敏捷】18
【魔力】1
【器用】1
【耐久】26
【運】1

初めての強敵だ。

HPが高くて耐久値も高い。

鑑定結果をジークとアイクに伝えると、アイクがジークに聞く。

「お父さんどうしますか？」

「まずはいつも通りやろう。もしもマルスがホブゴブリンを倒せなかった場合は、後退しながら戦う。アイクは剣を構えておくように」

「「はい」」

ゴブリンたちが突撃してきたので、俺は《ウィンドカッター》でホブゴブリン以外を倒す。

ホブゴブリンにも《ウィンドカッター》を当てることに成功し、もう一発《ウィンドカッター》を放つとホブゴブリンは絶命した。

強敵だと思っていたのだが、あまりにもあっさりと倒せてしまった。アイクは「これだからマルスは」と呆《あき》れ顔をしている。

動かなくなったホブゴブリンから魔石を取りだすと、ゴブリンの魔石より少しだけ大きかった。価値も上がるのだろうか？

ホブゴブリンを倒した俺たちは警戒しながら村を探索したが、特に何もなかった。

残すは先ほどホブゴブリンが出てきた山肌の大きな家だけだ。

俺たちは注意しながら大きな家の扉を開ける。

俺は開けた瞬間に、この空間が異質だということに気づいた。

初めての感覚に俺は言葉を失った。アイクも何か感じているのだろう。

固まっているとジークが言った。

「迷宮《ダンジョン》だ……なんてことだ。迷宮《ダンジョン》になっている。ここからゴブリンが溢れてきているとしたら大問題だ。迷宮飽和《スタンピード》からの魔物たちの行進なんて最悪だぞ」

「どうしますか？　お父さん、いったん戻りますか？　まだ十四時頃だと思いますが」

アイクが提案するが、ジークはまだ調査を続けるようだ。

「少しだけ探索しよう。ゴブリンはここから発生している可能性があると報告できるからな」

「分かりました。マルス、お互い気を付けような」

「うん！」

「よし、先頭は父さん、真ん中にマルス、最後尾にアイクで行く。攻略するつもりはないからゴブリンを数体見つけたら帰るぞ」

そう言わて迷宮《ダンジョン》を進む。

迷宮《ダンジョン》の道幅は十メートルくらいだった。

扉からまっすぐ進むとすぐに突き当たりが丁字路になっている。

右に進むと部屋があり、注意しながら中を見ると、先ほどと同じホブゴブリンが一体と杖を持ったゴブリンが三体いた。

ホブゴブリンを鑑定したが、先ほどのホブゴブリンとあまり変わらない。

次に杖を持ったゴブリンも鑑定してみた。

【名前】ー
【称号】ー
【種族】ゴブリンメイジ
【脅威】F
【状態】良好
【年齢】八歳
【レベル】2
【HP】25／25
【MP】24／24
【筋力】10
【敏捷】6

【魔力】15
【器用】６
【耐久】８
【運】１
【特殊能力】土魔法　Ｇ（Ｌｖ１／５）

魔法を使うゴブリンか。

鑑定結果を二人に周知すると、魔法を発動させないように倒そうということになった。ホブゴブリンは目をつぶしてから倒すことにした。

まず不意打ちで俺の《ウィンドカッター》、ジークの《ストーンバレット》、アイクの《ファイアアロー》でゴブリンメイジ三体を攻撃する。アイクが攻撃したゴブリンメイジだけ生き残ったが、俺が《ウィンドカッター》を素早くもう一発撃って、とどめを刺した。

残りのホブゴブリンも俺が目を潰してからアイクが首をはね、ゴブリンたちがいなくなった部屋を探索すると、隅に宝箱があった。

第6話　冒険者

「こんなすぐに宝箱があるなんて……マルス、宝箱を鑑定してみてくれ。もしかしたら罠《わな》かもしれない」

ジークに言われ、試しに鑑定してみた。

【名前】宝箱
【特殊】ー
【価値】3
【詳細】出現率、中に何が入っているかは【運】によって変わる

多分罠じゃないよな……特殊ってところに何も記載がない。

ジークに多分罠ではなく、【運】の値が高い自分が開けたほうがいい結果が出るかもしれないと伝えた。

注意しながらもワクワクドキドキしながら宝箱を開けると、赤い魔石が埋められた腕輪が入っていた。

すぐに腕輪を鑑定してみる。

【名前】火の腕輪
【特殊】魔力＋4
【価値】C
【詳細】火魔法を宿した腕輪。火魔法威力小UP

効果を伝え、アイクが装備することを決めた。ぶかぶかだと思っていた火の腕輪をアイクの腕に通すと、ピッタリのサイズになった。

「ありがとう、マルス。これで魔物の死体を効率よく燃やせる」

戦利品を手にした俺たちはすぐに迷宮《ダンジョン》を脱出して急いで帰る。

帰り道にゴブリンは全くいなかった。

夕方前にアルメリアに着くと、すぐにギルドに報告に向かう。

今度は俺とアイクも一緒だ。

初めてギルドの中に入ったが、冒険者が三人、他は職員らしき人が数名いるだけだった。

思ったよりも綺麗で、壁にはクエストの依頼や剣、盾が飾られている。

冒険者三人が俺らを見てきたので、俺も三人を鑑定する。

まずは槍を脇に置いている男から。

【名前】ランダリル
【称号】—
【身分】人族・平民
【状態】良好
【年齢】二十七歳
【レベル】20
【ＨＰ】１０２／１０２
【ＭＰ】５／５
【筋力】32
【敏捷】25
【魔力】1
【器用】10
【耐久】30
【運】1
【特殊能力】槍術　Ｅ（Ｌｖ５／11）
【装備】鉄の槍
【装備】鉄の鎧《よろい》

　後でジークから聞いたのだが、このランダリルという男はようやくD級冒険者に昇格した苦労人らしい。顔から苦労がにじみ出ているのはそのせいかもしれない。
　次は魔女っ娘《こ》帽子を被った女を鑑定する。

【名前】ハーマーサ
【称号】ー
【身分】人族・平民
【状態】良好
【年齢】二十二歳
【レベル】15
【ＨＰ】80／80
【ＭＰ】85／85
【筋力】13
【敏捷】18
【魔力】35
【器用】32
【耐久】14
【運】1

【特殊能力】短剣術　G（Lv1／5）
【特殊能力】風魔法　E（Lv3／11）
【装備】若木の杖
【装備】銅の短剣

ハーマーサという女性もD級冒険者とのことだ。ステータスは俺の方が高いから、俺もD級くらいの実力なのかもしれない。
最後に斧《おの》を片手に立っている男を鑑定する。

【名前】プロストフ
【称号】－
【身分】人族・平民
【状態】良好
【年齢】二十歳
【レベル】18
【HP】108／108
【MP】5／5
【筋力】20

【敏捷】　18
【魔力】　1
【器用】　14
【耐久】　30
【運】　1
【特殊能力】　斧術　F（Lv3／8）
【装備】　鉄の斧
【装備】　銅の鎧

プロストフはE級冒険者で主にタンクの役割を担っているそうだ。

見てみて思ったのだが、運はみんな1なのな。

これはこの三人だけでなく、街の住民の者たちを鑑定した時からうすうす気づいていたのだが
……ブライアント家ってみんな10以上あるんだよな。

ただ俺しか見えない運のことをジークに聞いても仕方ないので、他の疑問点を聞いてみる。

「ねぇお父さん？　冒険者ってどうやってクラス分けされるの？」

「E級冒険者はペーパーを卒業したらなれる。まぁ問題を起こさなければ十五歳でなれるな。D級冒険者はステータスの合計値が１００を超えたあたりで昇格でき、C級は２００を目途に上がれる。C級冒険者になるにはギルドマスターの承認も必要だ。魔法使いは貴重だから、ステータ

スが全然届かなくても昇格措置が取られる。父さんもそのうちの1人だ。だがこれは国や地域によって変わる。鑑定屋に自分のステータスを書いてもらい、それをギルドに見せることによって昇格ができるのだが、中には、バカな奴らがいて、自尊心のために鑑定屋を買収してD級冒険者に昇格するということもある。お前たちはそんな大人になるなよ？」

「「はい」」

二人で声を揃えて返事をすると、ジークは受付の女性のところまで歩いていった。

「ルシア。ギルドマスターに報告がある。あと馬車の中に魔石があるから買い取ってくれ」

ルシアと呼ばれた十代半ばくらいの若い女性は、受付にいたもう一人の女性職員を馬車に向かわせ、彼女自身は俺たちを別の部屋に案内してくれる。

ギルドマスターの部屋は二階にあった。

「こちらへどうぞ。今日はお子様も一緒ですか？」

ルシアが尋ねるとジークが頷く。

「あぁ。ちょっと今回は同席させたい。ダメか？」

「いいえ、大丈夫かと思います。お二人とも年齢に見合わない佇《たたず》まいですし」

「「ありがとうございます」」

俺とアイクが頭を下げると、ルシアはニコッと微笑みかけてくれた。そして部屋の前で扉をノックする。

「ジーク様がマスターにご報告があると仰っております」

「入ってくれ」

ぶっきらぼうな声が部屋の中から聞こえたので、俺とアイクとジークは中に入った。ルシア自身は中には入らないようだ。

「おぉ、ジークご苦労だった。してその子たちは？」

「はい。私の息子のアイクとマルスです。アイク、マルス挨拶をしなさい」

「お初にお目にかかります。アイク・ブライアントと申します。七歳です」

「お初にお目にかかります。マルス・ブライアントと申します。四歳です」

アイクの見事な挨拶を俺も真似《まね》する。

「おぉ。丁寧にどうも。俺はここのギルドマスターのラルフ・サージェントだ。ラルフでいい。よろしくな。おいジーク、どうやって教育したらこんなになるんだ？　そこらの冒険者よりも礼儀正しいじゃないか」

「それが、礼儀作法や話し方を教えたことはないんですよ。それはさておき、指名クエストの件ですが、鉱山の麓の廃村がゴブリンに占拠されておりました。四百体は倒したと思います。問題はここからですが、その廃村のとある家の中が迷宮《ダンジョン》になっておりました。おそらく鉱山と一体化した迷宮《ダンジョン》です。迷宮《ダンジョン》内にはホブゴブリン、ゴブリンメイジを確認しております。おそらくゴブリンキングが深層におり、迷宮飽和が始まっていると思われます。魔物たちの行進《スタンピード》になる前に叩き潰しておかないと大変なことになるかと」

「なんだと⁉　迷宮《ダンジョン》だと……まだゴブリンしか確認できていないことが幸いか。しかしゴブリンキングとは厄介な。この件はカーメル伯爵に相談させてもらう。領内に二つの迷宮《ダンジョン》はさすがに色々まずいからな」

　ラルフはしかめっ面をしながら言葉を続けた。

「してその子たちはどうした？　社会科見学しに来たわけでもあるまい？」

「ええ。特例でこの子たちを冒険者登録していただきたいのです。今回の調査に同行してもらったのですが、この子たちがいないとここまで調査できませんでしたし」

「正気か？　まだ七歳と四歳だろ？　ジークの頼みといえ無理だな」

「せめて鑑定していただけませんか？　それから実技を見ていただければ、この子たちがいかに戦力になるかお分かりになると思うのですが」

「そこまでか？　ふーむ……まぁジークが言うのであればやってみるか。ルシア！　外にいるんだろ？　入ってこい！」

　そう言うと扉を開けてルシアが入ってきた。

「バレてましたか。鑑定をすればいいのですね」

　なるほどこの人が鑑定のスキル持ちか。

　俺はルシアを鑑定してみた。

【名前】ルシア・サージェント
【称号】－

【身分】人族・平民
【状態】良好
【年齢】十六歳
【レベル】１
【ＨＰ】25／25
【ＭＰ】５／５
【筋力】６
【敏捷】６
【魔力】１
【器用】11
【耐久】５
【運】１
【特殊能力】鑑定（ＬｖＭＡＸ）

サージェントって……ラルフの娘かな？
鑑定ってのもあるのか。
ついでにラルフも鑑定してみよう。

【名前】ラルフ・サージェント
【称号】ー
【身分】人族・平民
【状態】良好
【年齢】四十歳
【レベル】32
【ＨＰ】１６０／１６０
【ＭＰ】５／５
【筋力】54
【敏捷】61
【魔力】1
【器用】34
【耐久】50
【運】1
【特殊能力】剣術　Ｃ（Ｌｖ９／15）
【装備】銀の剣

ゴリゴリのアタッカーでかなり強いな。

年齢的にやっぱり二人は親子だな。

二人の関係性を考えている間に、ルシアがアイクを鑑定する。

するとみるみるうちに顔が引き攣《つ》っていく。

「え？　え？　ちょっ？　えぇぇぇぇーーー！！！」

その様子を見たラルフが目で何事かと聞いている。

「あ、ありえない、剣術に槍術に火魔法……」

一人でぶつぶつルシアが言っている。

「もしかして……お前ら、剣も魔法も使えるのか？」

その質問にどこまで答えていいのか分からないので、俺はジークのほうを見た。

するとジークが俺とアイクの代わりに答える。

「アイクは火魔法の《ファイア》を、マルスは風魔法の《ウィンド》と《ウィンドカッター》を使えます。アイクは火の腕輪も装備しておりますので、攻撃力はかなり高いと思います」

やはり神聖魔法の件は言わなかったか。ルシアもアイクのステータスを見て驚き、俺のことを鑑定するのを忘れているようだ。

「ま、マジかよ……天才どころの話じゃないな。確かにこれだけの能力を使わないという手はないが……わ、分かった。アイクとマルスの冒険者登録を認めよう。ただし条件がある。魔法をちょっと見せてみろ。疑っているわけではないが、確認だけはしておきたい」

ラルフの注文に応えるべく、俺たちは部屋の窓を開け、アイクが空に向かって《ファイア》を、俺がその《ファイア》を加速させるように《ウィンド》を放つと、アイクの放った《ファイア》は大きく膨れ、さらに加速し空に消えていった。

俺とアイクのように、風魔法と火魔法もかなり相性がいいのかもしれないな。

「お前らは特例でEランク冒険者とする。Eランク冒険者から迷宮《ダンジョン》に潜れる。冒険者カードを発行するので後日取りに来るといい。また今回の指名クエストの報酬も渡そう。ちょっと色を付けておく。ただこのまま指名クエストは続行してほしい。できれば魔物《ゴブリン》の間引きを継続してほしいし、迷宮《ダンジョン》の情報も欲しい。色々大変だし、危険だろうが、今のアルメリアの状況はかなり悪い。マリアと話し合ってよく考えといてくれ」

俺たちの魔法を確認すると、そう言ってラルフは頭を下げた。

ジークは「分かりました。家族で考えます」と言って頭を下げて部屋から出ていく。

俺たち兄弟もジークの後を追って頭を下げてから退出した。

ギルドマスターの部屋を出てギルドの受付に寄る。ジークが魔石を換金し、指名クエストの報酬を受け取った。

かなりの金額なのか渡された報酬を見てジークの顔がにやけている。

ようやく家に着くと、マリアがリーナを抱っこしながら、出迎えてくれた。

マリアとリーナの顔を見たら安心したのか疲れがどっと出た。アイクも同じなのか俺の顔を見てなぜか笑ってくる。

それを見た俺もなぜか笑ってしまった。

冒険者ギルドから帰ってきてすぐに、俺は疲れて寝てしまった。

ちゃんと寝る前に《風纏衣《シルフィード》》を使ってＭＰ枯渇はさせたけどね。

そして今日は休養日。

夜のうちにジークからマリアに昨日の出来事を報告したらしい。

家族会議もしようとしたらしいが、俺が寝てしまったので今日になったとのことだ。

休養日とはいえ、今はアイクと木剣を使って模擬戦をしているのだが、全く歯が立たない。

それにアイクもレベルが上がって10になっていた。

本当にアイクは優秀だ。いずれ剣聖とか呼ばれるのだろうか？

いや、才能は槍のほうが高かったから槍聖か……。

「やっぱアイク兄には勝てないや」

「そんなことない。４歳の頃の俺と今のマルスが戦えば、俺は何もできずに負けるよ。いずれマルスは俺よりも強くなるからな。俺は頑張ってお兄ちゃんとして威厳を保たないと」

こんなことを言ってくる。いや、マジでできた兄なんですけど。

お昼ごはんを食べて、ＭＰ枯渇させてから寝て、起きた時にジークとマリアに呼ばれた。

これから家族会議をするらしい。

「さて、マルスも起きたことだし、昨日の話をみんなでしようか」

ジーク、マリア、アイクはすでにテーブルに着いていた。

俺もテーブルに着くと家族会議が始まる。

「まず昨日の報酬の話をしよう。この報酬は三人で達成したクエストだからちゃんと分ける必要がある。といっても、子供のお前たちにそんな大金を渡すつもりはないが」

「僕は、昨日火の腕輪を貰ったから、報酬はいりません。どうしてもというのであればマルスにあげてください」

アイクがそう言ってくれたので、俺はかねてからの願いを言う。

「僕は物ではなく、土魔法を覚えたいから、お父さんに手伝ってほしいです」

「分かった。ではお父さんが土魔法を教えよう。土魔法の初級魔導書はまだあったはずだからな。全くお前ら兄弟は欲がないな。では遠慮なく、昨日のギルドからの報酬は俺がもらうぞ。その代わりにお前たちに渡すものがある」

そう言うとジークは俺とアイクに一枚ずつカードを渡してきた。

「これはEランクの冒険者カードだ。身分証明書代わりにもなるから絶対になくすなよ」

ジークから冒険者カードを受け取った。素材は銅でできているらしい。

ちなみにランクによって素材が違うらしい。


Aはアダマンタイト。

Bはミスリル銀。

Cは銀。

Ｄは鉄。

Ｅは銅。

ＦとＧは紙。

ＦとＧランクは冒険者カードが紙ということもあって、ペーパーと呼ばれているらしい。

「さて今後のことなんだが、朝ギルドに行って話をしてきた。ギルドマスターとアルメリアの領主のカーメル伯爵と三人でだ。そしてこう言われた。廃村の近くに冒険者何人かと移住して、迷宮《ダンジョン》の管理と統治をしてくれないかと。もちろん報酬は弾《はず》むとのことだ。明日カーメル伯爵自ら王都に向かうことになっていて、今回の迷宮《ダンジョン》の件を報告するらしい。その時に男爵の任命権を頂けるように交渉し、任命権を頂けたら俺を陞爵《しょうしゃく》するとのことだ。ただ俺は統治をする器量はないといったん断った。だが、迷宮《ダンジョン》の管理だけをしてくれればいいとのことだったので、検討させてくれと言って帰ってきた。男爵と準男爵では天と地ほどの差がある。準男爵は一代限りでしかないが、男爵には爵位の継承権がある。迷宮《ダンジョン》管理費として伯爵がお金を出すと言ってくれているし、迷宮《ダンジョン》探索も今まで通りできる。皆はどう思う？」

「私はとてもいい条件だと思うわ。ただ一つだけ。何人くらい移住するかよね。正直私たちだけでは何かあった時に手に負えないわ」

「僕もとてもいいことだと思います」

アイクも賛成のようだ。当然俺も賛成だ。

「僕もいいと思う」

「分かった。まずは何人移住するか、実力者はどのくらいいるかの確認だな。あと明日からまたゴブリンを倒しに行くから気を引き締めてくれ。馬車は指名クエストを受けている限りは無料でずっとレンタルできるようになったからな」

明日からまたゴブリン狩り。

時間があれば土魔法の練習をしたい。

翌日いつものように家を出ると、武器屋に連れていかれた。

俺の装備を買うためらしい。

ただ四歳なので、いくらステータスが高いといっても剣は大きすぎて持ち歩けない。

そう思っていると、どうやら短剣を買ってもらえるようだ。

どれがいいか自分で探してみろとジークに言われたので、色々探してみる。

【名前】鉄の短剣
【攻撃】６
【価値】Ｆ
【詳細】－

【名前】銀の短剣

【攻撃】12
【価値】D
【詳細】ー

まず相場が分からないから、どれを選んでいいのか分からない。
この店で一番の目玉と言われている短剣は、

【名前】ミスリル銀の短剣
【攻撃】20
【価値】C
【詳細】装備者の魔力を通しやすい短剣

確かにこれは良さそうな気がする。だが手に持ってみるとなんかしっくりこないし、少し重い。
そう思って色々見ていると、ジャンク品売り場みたいなところにこんなものがあった。

【名前】風の短剣《シルフダガー》
【攻撃】4
【特殊】魔力＋1　俊敏＋1

【価値】C
【詳細】装備すると体が軽くなる特殊な短剣。短剣に風魔法を付与《エンチャント》すると攻撃力と俊敏が少しあがる

これ俺にちょうどいいじゃん。この扱いだったら値段もあまり高くないかも。しかも手に取ってみるとやけに軽く感じ、これであれば俺でも簡単に振ることができそうだ。

「お父さん！　僕これがいい！」

「店主、これの性能を教えてくれ」

「ああ、それは攻撃力４のジャンクだ。銀貨一枚でいいよ。包丁代わりにでも使えるさ」

「マルス、本当にこれでいいのか？」

「うん！」

そう言ってこの風の短剣《シルフダガー》を買ってもらった。

初めての装備品だから大切にしよう。

迷宮《ダンジョン》発見から一か月が経った。

もう周辺のゴブリンは狩りつくしたらしく、ゴブリン迷宮《ダンジョン》の中に入ることもしばしばあった。

アルメリア西側の危機は去ったらしい。

ただ迷宮《ダンジョン》は継続して監視しないといけないらしく、以前から言われていたようにジークが男爵

に陞爵されてゴブリン迷宮《ダンジョン》の管理をすることとなった。

現在廃村の建物をすべて撤去し、新しく家を建てている最中だ。

アルメリアからの移住者は百名程度。予想よりもかなり大人数だ。

ゴブリン迷宮《ダンジョン》は初心者にうってつけであり、冒険者ランクがペーパーからE級に昇格した者にちょうどいいらしく、初級の冒険者が多い。また、アルメリア以外からもE級冒険者が流れてくると思ったのか、商人もかなり移住してきた。

周辺のゴブリンは狩りつくしたが、迷宮《ダンジョン》内のゴブリンはとても多い。

どれだけ狩っても減る様子がないので、E級冒険者にはちょうどいいレベル上げができるであろう。

またD級とE級冒険者六人で構成されるDランクパーティの【蒼の牙《ブルーファング》】も一緒に来てくれた。

皆年は十八歳くらいで、アルメリアの期待の新人らしい。

彼らはペーパー時代にジークとマリアに助けられているらしく、感謝の気持ちと共に憧憬《しょうけい》の念を抱いているようだ。

彼らのパーティは、

男魔法剣士でリーダーのバン　Ｌｖ16

男剣士のユーグ　Ｌｖ15

男槍士のラスター　Ｌｖ15

男斥候のイリス　Ｌｖ13
女水魔術師のアン　Ｌｖ14
女火魔術師のアーシャ　Ｌｖ14
で構成されている。
リーダーのバンは剣術、魔法の才能もあり確かに強かった。

【名前】バン・リグルス
【称号】ー
【身分】人族・平民
【状態】良好
【年齢】十八歳
【レベル】16
【ＨＰ】１０１／１０１
【ＭＰ】90／90
【筋力】30
【敏捷】38
【魔力】28
【器用】28

【耐久】　32
【運】　1
【特殊能力】　剣術　Ｄ（Ｌｖ６／13）
【特殊能力】　水魔法　Ｅ（Ｌｖ３／11）
【装備】　銀の剣
【装備】　鉄の鎧

彼らは街興しも積極的に手伝ってくれており、ジークも非常に助かっているようだ。

朝はブライアント家で迷宮《ダンジョン》に入って、夜は【蒼の牙《ブルーファング》】が迷宮《ダンジョン》に入る。

あとはＥ級冒険者たちが少しずつゴブリンを狩ってくれれば、迷宮《ダンジョン》の脅威はないも同然だ。

また【蒼の牙《ブルーファング》】は時間ができたら、俺やアイクの剣や槍、魔法の稽古もしてくれる。

俺らも良いお兄さんとお姉さんができたようで、とても嬉しかった。

「マルス、その木を長方形に切ってくれ。切ったら親方のところに持って行って、廃材は薪《まき》として保管しておいてくれ」

大工さんが俺に声をかけてくる。そう、俺は今大工仕事を手伝っている。

自分から志願してやっているのだ。なぜかというと、どうやら最大MPは十歳ごろまでは上がるが、それ以降の成長は緩やかになるらしいからだ。

最大MPと大工仕事がどう関係しているかというと、迷宮《ダンジョン》に潜るとどうしてもMP管理をしなければならず、MP枯渇ができないが、ただ街の場合はそれが気にせずできるというわけだ。

これは父や母の話と【蒼の牙《ブルーファング》】の話を聞いて、自分で勝手にそう思っているだけで、俺には天賦のスキルがあるので当てはまらないかもしれないが。

俺は他の人と違って三時間寝ればMPが満タンに回復する。

また、MPが満タンになったら勝手に起きる習性がある。

木材は《エアブレイド》や《ウィンドカッター》で切って、重いものは《ウィンド》で運ぶ。

慎重に運ばないといけないものも、《風纏衣《シルフィード》》を使えば身体能力が上がるので、ある程度は問題ない。

こうして俺は迷宮《ダンジョン》に潜らない日は最大MPを上げている。

アイクはジークと一緒に迷宮《ダンジョン》に潜ることが多い。

家からすぐに迷宮《ダンジョン》に入れるというのはとてもいい環境だ。

マリアもたまに迷宮《ダンジョン》に潜ることがある。

リーナが離乳食になったから、リーナを【蒼の牙《ブルーファング》】に預けて潜っているのだ。

まぁ長くても一時間というところだが。

【蒼の牙《ブルーファング》】も積極的に迷宮《ダンジョン》に潜ってくれているので、迷宮飽和が起きることはもうないだろう。

そんな生活を送って一年弱が過ぎた。

俺は五歳になってアイクは八歳になっていた。

貴族の息子になったこともあり、言葉遣いを意識して丁寧にするようにした。驕《おご》れる者は久しからずだ。そんな俺とアイクのステータスはこうだ。

【名前】マルス・ブライアント
【称号】—
【身分】人族・ブライアント男爵家次男
【状態】良好
【年齢】五歳
【レベル】7（+1）
【HP】41／41
【MP】4522／4523
【筋力】26（+6）
【敏捷】29（+7）
【魔力】53（+11）
【器用】44（+9）
【耐久】25（+6）

【運】30
【固有能力】天賦（LvMAX）
【固有能力】天眼（Lv5）
【固有能力】雷魔法　S（Lv0／20）
【特殊能力】剣術　B（Lv3／17）（2↓3）
【特殊能力】火魔法　G（Lv2／5）（1↓2）
【特殊能力】水魔法　G（Lv1／5）
【特殊能力】土魔法　G（Lv1／5）（NEW）
【特殊能力】風魔法　A（Lv11／19）（10↓11）
【特殊能力】神聖魔法　C（Lv4／15）（3↓4）
【装備】風の短剣《シルフダガー》

剣術、火魔法、風魔法、神聖魔法のレベルが上がり、土魔法も覚えることができた。ステータスも爆上がり。

ＭＰもなかなかいい感じで上がってきている。

次はアイクだ。

【名前】アイク・ブライアント
【称号】ー
【身分】人族・ブライアント男爵家長男
【状態】良好
【年齢】八歳
【レベル】12（＋3）
【ＨＰ】70／70
【ＭＰ】567／567
【筋力】42（＋12）
【敏捷】33（＋8）
【魔力】23（＋7）
【器用】18（＋4）
【耐久】39（＋12）
【運】10
【特殊能力】剣術　Ｃ（Ｌｖ４／15）　（3↓4）
【特殊能力】槍術　Ｂ（Ｌｖ４／17）　（2↓4）
【特殊能力】火魔法　Ｃ（Ｌｖ４／15）　（3↓4）
【装備】鉄の槍

【装備】火精霊の剣《サラマンダーソード》
【装備】火の腕輪

いやもうね、天才ですわ。それに八歳にしてはかなり背が大きい。

また剣戟であれば【蒼の牙《ブルーファング》】の人たちともう互角に戦えるのはびっくり。

もっとびっくりなのが、ようやく火精霊の剣《サラマンダーソード》を使いこなせるようになったと思ったら、メインウェポンを槍に変更したのだ。

火精霊の剣《サラマンダーソード》を背負い、槍で攻撃する。

槍は普通の槍だが、リーチが長いのでゴブリンたちの射程に入ることなく、一方的に蹂躙《じゅうりん》している。その姿には恐怖すら感じる。

ジークとマリアはゴブリンをいくら倒してもレベルが上がることなく、ステータスに関しても以前とあまり変わらない。

やはりレベル差がありすぎる弱い魔物では、いくら倒してもレベルは上がらないのか……。

この街で一番強いジークを、来年にはアイクが抜かしている姿を想像しているのは、俺だけではないはずだ。

リーナのステータスは全く変わらないが、かわいさが爆上がり。二歳を過ぎて家の中をちょこちょこ歩く姿を見ていると抱きしめたくなる……というか抱きしめているのだが。

夕食を食べ終わって皆が思い思いの時間を過ごしている時に、ジークが家族を集めた。

「来週にゴブリン迷宮《ダンジョン》の深部を目指そうと思う。理由はＥ級冒険者がどこまで潜っていいのかを調べるためだ。あと何層まであるかも分からないから、その辺も調査する。今回はマリアも一緒に来てもらう。リーナのことは【蒼の牙《ブルーファング》】にすでに頼んである。アイク、マルス、二人とも準備を整えておけ」

「「はい」」

俺らは元気よく返事をした。

第7話　深層を目指して

迷宮《ダンジョン》に入る当日。

俺たちは今、迷宮《ダンジョン》の入り口の大きな家の前に来ている。

「準備は万端だな？　回復促進薬《ポーション》も持ったし、念のため解毒薬も持ったし。大丈夫だな」

ジークが自分自身に言い聞かせているのか、俺たちに聞いているのか分からない言葉を発した。

「ええ。僕たちは大丈夫ですよ」

アイクがそう答えると、リーナを除くブライアント家四人での迷宮探索《ダンジョンアタック》が始まった。

まず迷宮《ダンジョン》の扉を開いて突き当りまで進んで、左側に曲がる。

右側は俺以外のメンバーで探索済みで、何個か部屋があったが結局は行き止まりだったらしいのだ。

通路にゴブリンが何匹か出てきたが、サクッとアイクが槍で刺し殺す。

迷宮《ダンジョン》の魔物は焼かなくても時間が経てば勝手に迷宮《ダンジョン》に吸収されるらしいので、魔石だけ取れば死体はそのままでよい。

特殊な部屋だと死体がすぐに魔石になる。

そういう部屋は決まって異常な数の魔物が出るらしい。

やがて一際大きな部屋にたどり着いた。

ここにはまだ来たことがないという。

部屋の中を索敵すると、ホブゴブリンが三体にゴブリンメイジが五体、普通のゴブリンが10体いる。

ジークが、

「アイク、マルス、二人で倒せるか？」

と聞いてきた。アイクが、

「問題ないです。マルス、とにかく《ウィンドカッター》でゴブリンメイジを先に倒してくれ。余裕があればホブゴブリンのほうも頼む」

と言ってきたので、頷いた。

部屋に入りすぐに《ウィンドカッター》を連射してあっさりとゴブリンメイジを五体倒した。ゴブリンメイジを倒す際に、手前にいたゴブリンたちもまとめて切り刻んだので、残りはもうホブゴブリン三体とゴブリン五体だけとなった。

俺はアイクのサポートのためにホブゴブリンの目をつぶそうと横一閃で《ウィンドカッター》を放った。すると目から上が真っ二つになった。

「あ、あれ？」

風魔法レベルが11になったからか、それとも魔力が上がったからなのか、威力がとても強くなっている気がする。

そのまま残りのホブゴブリンを《ウィンドカッター》で倒すと、すでに前に出ていたアイクが残りのゴブリンを作業のように倒す。

アイクが俺を見ながら呆れたように言う。

「ゴブリンもホブゴブリンもマルスの前ではもう変わらないね」

ジークもマリアも同意見らしい。二人とも頷いている。

部屋の隅のほうに宝箱があった。

宝箱は俺が開けることになっているので、鑑定して罠がないことを確認して開けると、中から槍が出てきた。

【名前】炎の槍《フレイムランス》
【攻撃】35
【価値】C
【詳細】槍に火魔法を付与《エンチャント》することができる

またアイクが強くなるやつだ。

ただ今回のは、火魔法を付与《エンチャント》することができるとしか書かれてない。

普通の武器に付与《エンチャント》はできないのだろうか？

詳細をみんなに伝えると、やはりアイクの装備になった。

アイクだけ装備が凄くなっていく。あとは鎧だけだな。

今持っている槍はここに置いて、帰る時に持っていくことにした。

その先には上り階段があった。

迷宮《ダンジョン》に潜るという言葉をみんなから聞いていたせいか、下るのかと思っていたら上るらしい。

二階は少し雰囲気が違った。

まず普通のゴブリンがいなくなり、ホブゴブリンとゴブリンメイジしか出てこなくなった。

ホブゴブリンはいいのだが、ゴブリンメイジがうざい。

《アースバレット》は来ると分かれば反応して斬ることができるが、意識の外から撃たれると、かなりのダメージを受ける。

なので、みんな利き手には剣や短剣を持って探索をしている。

それでもゴブリンメイジが十匹以上まとめて出てくると、先手が取れない限りは攻撃を受ける。

そのたびに俺が《ヒール》で回復させる。この前推察したように《ヒール》の回復量は10＋（2／魔力）で合っていたようで36回復した。端数は切り捨てなのだろう。

それにしてもこの階層は《ヒール》がないと辛《つら》いのではないのだろうか？

何部屋かを抜けると、部屋の入り口が白く光っている部屋があった。

「安全地帯《セーフティゾーン》だ。休もう」

ジークとマリア曰《いわ》く、どうやらここには魔物が出現しないし、入っても来られないらしい。

「今十一時過ぎくらいか。ご飯食べて十二時まで休憩したらまた探索して、十四時頃に家に戻ろう」

ここに来るまで三時間くらいかかったのか。まぁ探索しながら来たから、帰りは2時間くらいで帰れるだろう。余力を残してちょうどいいくらいか。
その後探索を続けホブゴブリンとゴブリンメイジを倒しまくっていると、俺のレベルが久しぶりに上がった。

【名前】マルス・ブライアント
【称号】ー
【身分】人族・ブライアント男爵家次男
【状態】良好
【年齢】五歳
【レベル】8（+1）
【HP】41／46
【MP】3902／4528
【筋力】29（+3）
【敏捷】32（+3）
【魔力】57（+4）
【器用】47（+3）
【耐久】28（+3）

【運】 30
【固有能力】 天賦（LvMAX）
【固有能力】 天眼（Lv5）
【固有能力】 雷魔法　S（Lv0／20）
【特殊能力】 剣術　B（Lv3／17）
【特殊能力】 火魔法　G（Lv2／5）
【特殊能力】 水魔法　G（Lv1／5）
【特殊能力】 土魔法　G（Lv1／5）
【特殊能力】 風魔法　A（Lv11／19）
【特殊能力】 神聖魔法　C（Lv4／15）
【装備】 風の短剣《シルフダガー》

レベル7に上がったのはかなり前だった気がするから嬉しい。

さらに進むとまた大きな部屋があった。

中を見渡すと、ホブゴブリンよりも大きく、斧と鎧を装備した初めて見るゴブリンと、ホブゴブリンが七体いた。

初めて見るゴブリンを鑑定すると、

【名前】－
【称号】－
【種族】ゴブリンジェネラル
【脅威】Ｄ
【状態】良好
【年齢】二歳
【レベル】５
【ＨＰ】72／72
【ＭＰ】１／１
【筋力】35
【敏捷】25
【魔力】１
【器用】１
【耐久】38
【運】１

かなり強く、脅威度Ｄだ。

以前冒険者ギルドで会ったＤ級冒険者のランダリルとステータスが近い。マリアが接近されたらかなり厳しいと思う。

ゴブリンジェネラルを見たジークとマリアがこう言った。

「やはりゴブリンジェネラルがいるか。最深部にはゴブリンキングがいるな」

「えぇ、そうね。でも最深部がゴブリンキングであれば、この迷宮《ダンジョン》は初心者迷宮《ダンジョン》として正式に売り込めるわね」

「あぁ、そうだな。この街に冒険者ギルドを招致しないとな。あと街の名前も決めてもらおう」

なんだかゴブリンジェネラルがいて嬉しそうだな。

結構強いと思うのだが。

「アイク、マルス、今回は父さんと母さんの戦いを見てなさい」

ジークがそう言って、マリアと一緒に徐《おもむろ》に部屋に入っていく。

不意打ちができたのに、ゴブリンたちはこちらに気づいてしまった。

俺はその様子をじっと見ていた。

「《土　砦《アースフォートレス》》！」

「《氷　砦《アイスフォートレス》》！」

ジークとマリアがそれぞれ唱えた。

するとジークの周りには土のかまくらが、マリアの周りには氷のかまくらがそれぞれできた。

ただ普通のかまくらとは形が少し違う。出入り口がないのだ。

ホブゴブリンが氷でできたかまくらを思いっきり殴りつけるが、びくともしない。

ゴブリンジェネラルも土でできたかまくらを斧で破壊しようとするが、土が少し削れたくらいだ。

そしてそれぞれのかまくらから《アースバレット》と《アイスアロー》がゴブリンたちを襲う。

防御力も凄いが、貫通力、破壊力も凄い。これが茶色の盾《ブラウンシールド》と呼ばれる所以《ゆえん》か。

あっという間に全滅させると、部屋の隅に宝箱を見つけた。

初めて一日に二つ見つけたな。

とりあえずいつものように宝箱を鑑定する。

【名前】宝箱
【特殊】罠（矢）
【価値】3
【詳細】出現率、中に何が入っているかは【運】によって変わる

あ、罠（矢）って書いてある。

ジークに罠があることを伝えると、後ろから開けろと言われた。そうしてみると、宝箱から前方に向かって勢いよく矢が飛び出す。

鑑定があってよかった。

宝箱の中身を確認すると、

【名前】土蜘蛛《つちぐも》の杖
【攻撃】3
【特殊】魔力＋3
【価値】C
【詳細】土魔法の発現時間を微短縮

おーなかなかいいものが出たな。

ジークに杖の説明をすると、「これは俺がもらうな」と言ってとても嬉しそうにしていた。

うん。いくつになっても自分の装備が強くなったら嬉しいよね。


いったん家に戻り、保存食や毛布を持って、また迷宮《ダンジョン》に潜ることにした。

安全地帯《セーフティーゾーン》があると分かったので、そこに置いておくのだ。

次は泊まりで迷宮探索《ダンジョンアタック》をすることになり、しばらく会えないからか、皆がリーナに群がっている。

やっぱり癒やしって必要だよね。

翌日準備が整ったところでまた迷宮《ダンジョン》に潜る。

今回はジークとマリアが大量の荷物を持っているので、俺とアイクで魔物を倒さなければならない。

前回も俺とアイクで倒していたのが、撃ち漏らせないと思うと少し緊張する。

そんな緊張感がよかったのか、二時間で二階の安全地帯《セーフティーゾーン》にたどり着いた。

道中で宝箱からこんなアイテムを拾った。

【名前】金の宝剣
【攻撃】６
【価値】－
【詳細】攻撃力は低いが、人によって価値が変わる

これを拾った時、ジークとマリアの目がドルマークになっていた。

剣は金でできており、ダイヤモンドをはじめ色々な宝石がはめ込まれている。

柄にも綺麗に宝石が鏤《ちりば》められており、鞘も同様で装飾も豪華だ。二人から「マルスでかした！」と何度も言われた。

こんなものより俺の装備出てくれよと思ったが、あまりにもジークとマリアが喜んでいるので俺も嬉しくなってしまう。前世で親孝行できなかった分、ジークとマリアには少しでも喜んで欲しい。

街に戻ったら好きなものを買ってくれるとジークとマリアが言うので、俺の装備品をと思った

のだが、冷静に考えると一番必要なのはアイクの鎧な気がする。

とりあえず街に戻るまでに考えておこう。

安全地帯《セーフティーゾーン》で荷物を降ろしてかなり早めの昼食を食べて一休みすると、新しい区画の探索に出た。

しかし二層をほぼ丸一日かけて探索しても階段も宝箱も見つからず収穫がなかったので、なんだか疲れた。

ジークが言うには、宝箱なんて五回潜って一回見つかればいいほうらしい。ジークの冒険者仲間でまだ一度も宝箱を見たことがない者も多数いるという……知らなかったとはいえ、かなり高望みをしていていたんだな。

俺らは安全地帯《セーフティーゾーン》に戻って夕食を食べ、体を綺麗にしてから眠りにつく。

明日は早朝から探索をするらしい。

ちなみに体を綺麗にするというのは、俺が水魔法の《ウォーター》を出し続けてみんながシャワーを浴びるというものだ。

ちゃっかりマリアが風呂桶を持ってきていたのはこのためか。

子供《俺ら》がいない時に、ジークとマリアが二人で迷宮《ダンジョン》に潜っている際、マリアが身を清められないから泊まりでの迷宮探索《ダンジョンアタック》を嫌がったというのを聞いたことがある。

他の迷宮《ダンジョン》では安全地帯《セーフティーゾーン》にいくつものパーティがいるから、当時のマリアが身を清めようとしたら間違いなく冒険者たちの視姦《し》に遭うだろうからな。

この迷宮《ダンジョン》が流行《はや》るようであれば、安全地帯《セーフティーゾーン》に男湯と女湯を作って利用料を取ったらかなり儲かるのではと思ってしまった。
安全地帯《セーフティーゾーン》で一夜を過ごし、俺らは昨日探索していない地点へ向かった。
道中何体かゴブリンジェネラルがいたので、アイクの槍の練習相手となってもらった。
力任せに振られてくる斧を槍で受け止めようとすると吹き飛ばされる。
そのたびに俺が《ヒール》で治す。
そしてゴブリンジェネラルが死にそうになっても俺が《ヒール》で治す。
それにしても、槍対斧ってかなり相性悪いんだな。
槍は剣と違って弾かれるとかなりの隙ができる。
剣であれば受け流せる攻撃も、槍だと得物が長い分体勢が大きく崩される。
アイクにはとてもいい経験だろう。ゴブリンジェネラルには悪いけど……。
俺も《ウィンドカッター》を試しに放ってみたが、鎧の部分に当てても軽い切傷を与えるくらい。
鎧の隙間の関節や首に当てれば致命傷は与えられるが、真っ二つにはできない。
そんなことをしながら順調に進んでいると、二層にも大きな部屋があった。
そこにはゴブリンジェネラル三体にホブゴブリンが七体いた。
ゴブリンジェネラルが複数体だと、俺とアイクだけではきついかもしれない。
しかしジークとマリアは俺とアイクにやってみろと言う。スパルタだ。
いつものようにホブゴブリン七体を俺の《ウィンドカッター》で速攻倒す。

ゴブリンジェネラルが俺たちのほうに向かってくるので、いつもと違う戦法を取ることにした。足を集中的に狙うことにしたのだ。

足をめがけて《ウィンドカッター》を連射し、少しでも近づけさせないように《ウィンド》で押し返す。すると作戦が成功し、三体とも膝をついて動けなくなった。

動けなくなったゴブリンジェネラルをアイクが倒す。すると、

「いつもマルスには驚かされてばかりだ」

とアイクは苦笑いしながら言った。

ジークとマリアはもう当然といったような感じで見ている。

そんな家族の視線をスルーしながら部屋を見渡すと、ここにも宝箱があった。

「いやー、こんなに宝箱が出るなんて。他の冒険者に悪いけど……嬉しいな」

ジークがそう言いながら、俺に目配せをする。鑑定して開けろということだ。

罠がないことを確認して宝箱を開けた。

【名前】水宝石の首飾り《アクアマリンの首飾り》
【特殊】魔力＋4
【価値】C
【詳細】水属性の魔力を流すことで、体に水属性のバリアを張ることができる

おぉ！　これはシンプルなデザインの首飾りだ。

マリアに効果を伝えてから渡すととても喜んで、ほっぺにチューをしてくれた。

母とはいえ、美女にチューしてもらえるといい気分だ。

大部屋の先に上り階段があり、下から三層を見上げると二層とも明らかに違う雰囲気だ。

階段を上って通路を歩いていると、少し大きな部屋があり、中を覗いてみると異様な光景が目の前に広がる。

ゴブリンジェネラルが二十体いたのだ。

そして黒い魔力溜まりが二十か所に渦を巻いている。

「ここまでの湧き部屋は初めて見た。凄いな」

迷宮《ダンジョン》の通常の部屋の場合、全滅させた魔物は一時間後に復活する。

そのため、冒険者たちが深層にアタックする場合は、部屋の魔物を一体だけ残して進むというやり方があるらしい。

十体魔物が出てきたとして、一体だけ残しておけば残り九体が復活しないので、全力で潜っても帰りのことを心配しなくてもよいからだ。

これは未踏の迷宮《ダンジョン》に潜る際よくやる戦法らしい。人気の迷宮《ダンジョン》でこの方法はできないそうだが。

湧き部屋というのは、全滅させなくても魔物が復活してしまう部屋のことらしい。

しかも復活時間は三十分と短いみたいだ。

なので、この部屋を安全に通るには、三十分以内に二十体倒さなければならない。

ゴブリンジェネラルを《ウィンドカッター》で倒せるようになれば楽なのだが、まだそこまでの魔力が俺にはない。

するとジークが、

「こういう部屋があって逆に良かった。ここで経験を積めば、もしかしたらC級冒険者になれるかもな。中級冒険者たちへの需要も見込めるだろう。アイク、マルス、危なくなったら父さんと母さんが守るから、二人で挑戦してごらんなさい。恐らくこのゴブリンジェネラル二十体というのは、Cランクパーティへのクエストに相当するものだと思う。いい実力試しにもなるだろう」

そう言うとアイクと俺を前に出した。相変わらずのスパルタだ。

アイクと一緒に進み、《ウィンドカッター》を放つ準備をする。

しかし今回は足止めではダメだと思い、いつもよりも魔力を込めて《ウィンドカッター》を放つと、ゴブリンジェネラルを真っ二つに切り裂いた。

これを合図に、アイクもうまく回り込みながら、ゴブリンジェネラルと一対一になるように向かっていく。

俺は近くに寄ってくるゴブリンジェネラルに《ウィンドカッター》を当てるが、先ほどの光景を見たゴブリンジェネラルは学習し、斧で防御しながら突進してきた。

斧は《ウィンドカッター》で真っ二つにできるが、ゴブリンジェネラル一体につき二回撃たないと倒せない。鎧に当ててしまうと三回撃たないといけないので、近づかれて攻撃を受けることもあったが、即座に《ヒール》で回復しながら戦った。

アイクもかなり消耗しているように見える。

武器に火魔法を付与《エンチャント》しながら戦う姿を初めて見た。それだけ必死ということだ。

その状況を見たジークとマリアもさすがに参戦してくる。

ゴブリンジェネラルに囲まれて何度か危ない目にあったが、《風纏衣《シルフィード》》を展開し、逃げては《ウィンドカッター》を放つという戦法を繰り返す。

この戦闘で大きな発見があった。

《風纏衣《シルフィード》》を展開していると、相手の攻撃を受けた時に風がバリアを張ってくれていてダメージを軽減できるということだ。

そうこうしているうちに残り三体というところまで来たのだが、先ほど倒したゴブリンジェネラルが復活し始めている。

戦っていて気づいたのだが、ここのゴブリンジェネラルは倒すとすぐに魔石になる。

構わずどんどん倒し、50分くらいかけて湧き部屋にいるゴブリンジェネラルを全滅させると、部屋の中央に宝箱が現れた。

【名前】宝箱
【特殊】－
【価値】1
【詳細】出現率、中に何が入っているかは【運】によって変わるいつもよりも【価値】が低い宝箱だ。

ジークとマリアに【価値】を伝えると「とりあえず開けてみろ」と言われ、開けたら鉄の塊があった。

【名前】鉄のインゴット
【価値】E
【詳細】ー

今までで一番手に入れるのが辛かったのに、一番しょぼいって……。

そしてもうＭＰが枯渇寸前ということを伝えると、いったん安全地帯《セーフティーゾーン》まで戻ることになった。

安全地帯《セーフティーゾーン》に戻った俺たちは、昼ご飯を食べて休憩をした。ジークに寝るように言われたので、ＭＰを枯渇させてから眠りにつく。

アイクもＭＰが少なくなってきていたのだが、アイクの場合はＭＰ満タンまで回復するのに六時間かかるので、そのまま寝ずにいくこととなった。

俺が起きたらまた湧き部屋に行く。

多少回復はしていたが、今回アイクはＭＰが少なく付与《エンチャント》をあまり使えないので、俺がかなり頑張らないといけない。と思ったのだが、嬉しい誤算が起きた。

途中でアイクがレベルアップしたらしく、付与《エンチャント》なしの一対二、三の状態でも戦えている。

そして俺もレベルアップし、そこまで魔力を込めなくても、鎧がない部分に魔法を当てれば真っ二つにできるようになった。

さらに嬉しいことに、今まで《風纏衣《シルフィード》》を展開していると、他の魔法が撃てなかったのが、なんと今、《風纏衣《シルフィード》》を展開しながら《ウィンド》と《エアブレイド》、《ウィンドカッター》が発現するようになったのだ。

後から知ることになるのだが、限られた者しか二つの魔法を同時に発現させることはできないらしい。そんなことを知らない俺は、当たり前のように二つ同時に使っていた。

そしてここで一つ発見したことがある。

三十分以内に二十体のゴブリンジェネラルを倒すと、必ず宝箱がリポップするのだ。

魔物は黒い渦の魔力溜まりから出てきて、宝箱は白い渦の魔力溜まりから出てくる。

しかしリポップされた宝箱はすべて価値が1であり、中身も回復促進薬《ポーション》や鉄のインゴットだった。

どれだけ倒したかは分からないが、もう魔石が持ちきれなくなったため、家に帰ることになった。まぁ俺のＭＰも枯渇寸前だからちょうどよかったんだけどね。

迷宮《ダンジョン》から戻ってきた俺たちは、街の住人たちに心配されていたらしく、みんなから安心した様子で声をかけられた。

「無事で何よりです。心配しておりました」

「もしよろしければ、今度迷宮《ダンジョン》の話をお聞かせください」

なんでみんな畏《かしこ》まっているのだろうと疑問に思ったのだが、そういえばジークは男爵に陞爵されていたことを思い出した。

家に着くと、【蒼の牙《ブルーファング》】のメンバーとリーナが出迎えてくれた。俺がリーナを抱っこしている間に、ジークとマリアがテーブルに戦利品を並べようとするが、大量なので結局床にも並べている。並べ終えると、表情を緩ませながらそれらを眺めている。

ジークが【蒼の牙《ブルーファング》】のメンバーに戦利品の一部を渡す。宝箱から出た回復促進薬《ポーション》全部と鉄のインゴットを何個かだ。

神聖魔法の使い手はとても少ないため、回復促進薬《ポーション》も非常に高価らしい。【蒼の牙《ブルーファング》】の人たちはとても喜んでくれた。

【蒼の牙《ブルーファング》】のメンバーが帰ると俺たちはお風呂に入り、ごはんを食べた。さすがに疲れたので、今日はこのまま寝て、明日家族会議をすることになった。

明日俺たちは休むから、【蒼の牙《ブルーファング》】が朝から迷宮《ダンジョン》に潜るらしい。

MPを枯渇させる前に自分を鑑定した。

【名前】マルス・ブライアント

【称号】ー
【身分】人族・ブライアント男爵家次男
【状態】良好
【年齢】五歳
【レベル】9（+1）
【HP】51／51
【MP】7／4533
【筋力】32（+3）
【敏捷】35（+3）
【魔力】62（+5）
【器用】51（+4）
【耐久】31（+3）
【運】30
【固有能力】天賦（LvMAX）
【固有能力】天眼（Lv5）
【固有能力】雷魔法　S（Lv0／20）
【特殊能力】剣術　B（Lv3／17）
【特殊能力】火魔法　G（Lv2／5）

【特殊能力】水魔法　G（Lv1／5）
【特殊能力】土魔法　G（Lv1／5）
【特殊能力】風魔法　A（Lv11／19）
【特殊能力】神聖魔法　C（Lv4／15）
【装備】風の短剣《シルフダガー》

《風纏衣《シルフィード》》と他の風魔法が一緒に使えるようになったのは、風魔法のレベルが上がったからだと思っていたが、風魔法は上がっていない。もしかして、器用値が50を超えたからか？　でもマリアも器用値が50を超えているのに、同時に発現はできないという。これもこれから検証しないとダメだな。
隣のベッドですでに寝ているアイクも鑑定してみる。

【名前】アイク・ブライアント
【称号】ー
【身分】人族・ブライアント男爵家長男
【状態】良好
【年齢】八歳
【レベル】14（＋2）

【ＨＰ】80／80
【ＭＰ】0／570
【筋力】49（＋6）
【敏捷】38（＋4）
【魔力】27（＋3）
【器用】21（＋2）
【耐久】46（＋6）
【運】10
【特殊能力】剣術　Ｃ（Ｌｖ4／15）
【特殊能力】槍術　Ｂ（Ｌｖ5／17）　（4→5）
【特殊能力】火魔法　Ｃ（Ｌｖ4／15）
【装備】炎の槍《フレイムランス》
【装備】火精霊の剣《サラマンダーソード》
【装備】火の腕輪

レベルが2も上がっている……。
槍術もレベル5になっている。
装備込みだとブライアント家で一番強いのはアイクでは？

翌日家族会議を行った。

会議の結果、しばらく湧き部屋で俺とアイクのレベル上げをすることと、金の宝剣はしばらく家に保管することが決まった。そして、俺とアイクは十二歳になったら学校に行くことになった。

この世界では十二歳から十五歳まで学校に通うらしい。国によって十七歳まで通うところもあるという。もちろん義務ではないのだが、将来の選択肢が増えるということで通うことになったのだ。

幸いブライアント家には大量の魔石がある。これだけでもかなりのお金になるらしい。

ゴブリンジェネラルを狩るのはあくまでも俺とアイクのレベル上げのためであって、お金のためじゃないよ？　たぶん……。

リーナにもいい思いをさせてあげたいしね。

そして家族会議の翌日から、本格的なゴブリンジェネラル狩りが始まった。

まず保存食やいざという時の回復促進薬《ポーション》を安全地帯《セーフティーゾーン》に大量に持ち込む。

あとはひたすら俺とアイクでゴブリンジェネラル狩りをする。

俺たちがゴブリンジェネラル狩りをしている間、ジークとマリアは二階の魔物の間引きをしている。基本的に二階と三階間の魔物を倒している。

ただ二人とも魔法使いで、ＭＰが俺ほどはないから、慎重に戦っている。

湧き部屋はその逆だ。部屋には大量のゴブリンジェネラルの魔石が積まれていた。

迷宮《ダンジョン》が死体を吸収してくれるからいいのだが、これが外だったらとんでもないことになっている。


宝箱を四つ出し、戻ってご飯を食べてからMP枯渇させて寝るという行動を繰り返している。

今回はアイクもMP枯渇をさせる。俺とアイクが安全地帯《セーフティーゾーン》で寝ている時は、ジークとマリアが戻ってきてくれる。


いつものように俺が先に起きると、ジークと湧き部屋に行く。

正直この時が一番きつい。きついがとてもいい経験になる。《風纏衣《シルフィード》》を展開して、《エアブレイド》や《ウィンドカッター》で攻撃する……が、ここで壁にぶち当たる。

風の短剣《シルフダガー》で攻撃しながら《ウィンドカッター》を発現することができないのだ。《ウィンドカッター》だけでなく、《ウィンド》、《エアブレイド》も発現できない。もちろん他の属性の魔法もだ。


他の属性魔法にいたっては、攻撃しながらどころか、走ったり、ジャンプしたりしながらでも発現できないことが分かった。走り回りながら発現できるのは風魔法だけだ。

だが、できないからって諦める俺ではない。《風纏衣《シルフィード》》を展開しながら風の短剣《シルフダガー》で攻撃はできるのだから、きっと努力すればできるようになる。

自分にそう言い聞かせてゴブリンジェネラルと戦っているのだが、ジークはピンチになった時しか助けてくれないので、必死にゴブリンジェネラル二十体を相手する。

結局毎回と言っていいほどジークに助けてもらうハメになるのだが、たまに一人でゴブリンジェネラル二十体を倒せる時がある。

するとここでもまた発見があった。

一人でゴブリンジェネラルを三十分以内に二十体倒すと、宝箱の価値が二になって出現するのだ。

たまにだが銀のインゴットや上級回復促進薬《ハイポーション》も出てくるので、これもおいしい。

安全地帯《セーフティーゾーン》に戻る時はジークが敵を倒してくれるので、俺はジークのあとをついていくだけでいい。MPを枯渇させて起きると、今度はまたアイクと一緒に湧き部屋に行く。

このルーティーンを一年以上続け、俺とアイクは六歳と九歳になった。

第8話 クリア

二千二十六年一月二十日

この一年はとても充実していた。

【名前】マルス・ブライアント
【称号】－
【身分】人族・ブライアント男爵家次男
【状態】良好
【年齢】六歳
【レベル】14（＋５）
【ＨＰ】82／82
【ＭＰ】５５７８／５５７８
【筋力】52（＋20）
【敏捷】55（＋20）
【魔力】85（＋23）

【器用】73（＋22）
【耐久】50（＋20）
【運】30
【固有能力】天賦（LvMAX）
【固有能力】天眼（Lv6）（5↓6）
【固有能力】雷魔法　S（Lv0／20）
【特殊能力】剣術　B（Lv4／17）（3↓4）
【特殊能力】火魔法　G（Lv3／5）（2↓3）
【特殊能力】水魔法　G（Lv2／5）（1↓2）
【特殊能力】土魔法　G（Lv1／5）
【特殊能力】風魔法　A（Lv12／19）（11↓12）
【特殊能力】神聖魔法　C（Lv5／15）（4↓5）
【装備】風の短剣《シルフダガー》

まず俺は、ジークのステータスを上回った。間違いなくC級冒険者クラスの強さはあると思う。

天眼のレベルが6に上がってから、鑑定をしてもMPを消費しなくなった。

魔力が上がったこともあり魔力を込めない普通の《ウィンドカッター》でもゴブリンジェネラルの鎧の上からでも致命傷を負わせることができるようになり、ある魔法が使えるようなったが、それはまたの機会に紹介しよう。

まだ風の短剣《シルフダガー》で攻撃しながら《ウィンドカッター》を発現させたり、走りながら《ファイア》を発現させることはまだできないが、《ファイアアロー》を習得できた。

器用値が高いせいか、俺の《ファイアアロー》はアイクの《ファイアアロー》より追尾性能が高い。

また短剣を使っているのに、剣術が上がるのは嬉しい誤算だった。短剣術の使い方ではなく、剣術の使い方をしているからかもしれない。

そして次はアイクだ。

【名前】アイク・ブライアント
【称号】－
【身分】人族・ブライアント男爵家長男
【状態】良好
【年齢】九歳
【レベル】19（＋5）
【HP】101／101
【MP】840／840
【筋力】69（＋20）

【敏捷】52（＋14）
【魔力】37（＋10）
【器用】29（＋8）
【耐久】65（＋19）
【運】10
【特殊能力】剣術　C（Lv4／15）
【特殊能力】槍術　B（Lv6／17）（5→6）
【特殊能力】火魔法　C（Lv5／15）（4→5）
【装備】炎の槍《フレイムランス》
【装備】火精霊の剣《サラマンダーソード》
【装備】火の腕輪

アイクは完全に槍使いになっており、アルメリアのギルドマスターのラルフ以上のステータスとなった。


そして今日これから湧き部屋の奥の部屋に向かう。

今は安全地帯《セーフティーゾーン》で、四人で作戦を立てている。

ジークもマリアもすでに俺とアイクのコンビのほうが強いと分かっているので、俺とアイク中心の作戦を立てる。

作戦と言っても隊列くらいだ。

アイク、俺、マリア、ジークの順番で進んでいく。

湧き部屋にたどり着いてすぐにゴブリンジェネラルを二十体倒し、すぐに湧き部屋を抜けた。

ここから先は初めて行くところだから気を引き締めて警戒をしていたが、通路にゴブリンは出現しなく、通路の先には一つの部屋しかなかったが、明らかに他の部屋とは違うところがある。

それは壁の色が違うのだ。

まるで血を壁に塗りたくったかのような、真っ赤な色をしていた。

これを見たジークが、

「ここがボス部屋っぽいな。ゴブリンキングがいると思うから気を付けてくれ」

「ゴブリンキングはどういう行動をしてくるのですか？」

「俺も実際に戦ったことはないが、基本的にはゴブリンジェネラルと同じらしい。だが攻撃してもHPが回復してしまうから中途半端な攻撃は無意味ということは聞いたことがある」

しっかりと準備を整えてからジークが皆に目配せをして合図を送ってくる。みんなジークの目をしっかりと捉えて頷くと、ジークがボス部屋の扉をゆっくりと開ける。

ボス部屋に入り、まず目に映ったのは、部屋の中心にある小さな階段と、その上の祭壇だ。

祭壇の上にはなにもない。

階段の前には身長三メートルくらいの、大きな角があり立派な剣を持っている魔物がいた。

その大きな角の魔物の左右には、ゴブリンジェネラルを大きくして斧の代わりに剣を持った魔物がいる。

その他にはゴブリンジェネラルが二十体くらい部屋を徘徊《はいかい》している。

まずゴブリンジェネラルが大きくなったやつを鑑定する。

【名前】ー
【称号】ー
【種族】ゴブリンロード
【脅威】C
【状態】良好
【年齢】三歳
【レベル】5
【HP】108／108
【MP】21／21
【筋力】60
【敏捷】42
【魔力】5
【器用】1

【耐久】63
【運】1
【特殊能力】魔物召喚　G（Lv1／5）

脅威度C！　今までの魔物で一番強い！　ステータスもアイクとほぼ互角だ！
次に大きな角の魔物。

【名前】ー
【称号】ー
【種族】ゴブリンキング
【脅威】C＋
【状態】良好
【年齢】三歳
【レベル】5
【HP】150／150
【MP】31／31
【筋力】82
【敏捷】53

【魔力】5
【器用】4
【耐久】74
【運】1
【特殊能力】剣術　E（Lv3／11）
【特殊能力】HP回復促進　F（Lv2／8）
【特殊能力】魔物召喚　G（Lv1／5）

脅威度C＋⁉　これはかなりヤバい……俺とジーク、マリアの三人で遠くから魔法で攻撃し、その隙にアイクがとどめを刺してくれれば、なんとかなるかもしれない。

相手のステータスをみんなに伝えると、ジークが「ゴブリンロードだと⁉　初めて聞いたな」と言いながら、すぐに《土砦《アースフォートレス》》を展開するとマリアも《氷砦《アイスフォートレス》》を同時に展開した。

ゴブリンジェネラルを俺が《ウィンドカッター》で二十体倒すと同時にアイクが左側のゴブリンロードに突っ込む。

ステータスはほぼ互角で、背がゴブリンロードの方が高い分、槍を持つアイクと同じ間合いから剣の攻撃が届くが、アイクの槍術レベルが高いため、戦闘になれてきたアイクがゴブリンロードを圧倒する。しかもアイクが手にしている得物は相当強い。火魔法を付与《エンチャント》し、ジークとマリアの援護もあり、一気に畳みかけて倒す。

しかしとどめを刺した瞬間、新しいゴブリンロードが召喚された。

ゴブリンキングが召喚しているのだ。

まずゴブリンキングからやらなければダメだと思い、ゴブリンキングのいる祭壇の方へ向かおうとすると、いつの間にか倒したはずのゴブリンジェネラルが俺を囲んでいた。

こっちはゴブリンロードがゴブリンジェネラルを召喚していたのだ。

これは面倒なことになった。

先ほどのようにジークとマリアにも積極的に戦闘に参加してもらうと二人のＭＰがすぐに枯渇してしまう可能性がある。そう思ったのは俺だけではないようで、すぐにジークから指示が飛んでくる。

「アイク！　マルス！　俺と母さんはお前たちがピンチになった時に助けられるようにＭＰを温存する！　マルス！　すぐに《ヒール》が唱えられるようにしておいてくれ！　くそ！　ゴブリンキングが召喚なんて初めて聞いたぞ⁉」

普通のゴブリンキングに召喚能力なんてないらしい。

出し惜しみしても仕方ないので新たに覚えた風魔法、《トルネード》を使うことにした。

家族全員に《トルネード》を使うことを告げるとアイクはジークとマリアの場所まで下がった。

「たぶんゴブリンキング以外は範囲内です。アイク兄はゴブリンキングをお願いします」

アイクが頷くと俺は《トルネード》を放つ。

《トルネード》は殺傷能力が低いが、相手の自由を奪うことができる。さらに他の風魔法を同時に放つことができるので、中に《ウィンドカッター》を仕込み、殺傷能力を高めることもできる。が、あえて《ウィンドカッター》を仕込まなかった。

ここでゴブリンロードを倒してしまうと、ゴブリンキングがゴブリンロードを新たに召喚してしまうからだ。

俺がゴブリンロードたちを足止めしている間にアイクがゴブリンキングを倒しに行く。

ゴブリンキングを倒せば戦闘が終わるため、ジークとマリアも援護する。

アイクとゴブリンキングの戦闘はすさまじかった。

アイクの刺突をゴブリンキングが躱し、ゴブリンキングの薙《な》ぎ払いをアイクがバックステップで躱す。

バックステップが間に合わない時は仕方なく炎の槍《フレイムランス》で受けるが、膂力《りょりょく》の差から受けるとノックバックしてしまう。そこをゴブリンキングが追撃しようとすると、ジークとマリアが《アースバレット》や《アイスアロー》でゴブリンキングを追い払う。

たまに《アースバレット》や《アイスアロー》がゴブリンキングに当たるが、急所への攻撃は躱されたり剣でガードされたりする上、急所以外への攻撃を当てたとしてもＨＰ回復促進の効果からか、徐々に傷口が塞がってしまう。

その攻防が数分続くと、ついにアイクの炎の槍《フレイムランス》がゴブリンキングの腹辺りに突き刺さる。

ここが勝負と思ったアイクは炎の槍《フレイムランス》を引き抜き、追撃しようとするが、ゴブリンキングは刺された槍を左手で掴み、炎の槍《フレイムランス》を離さない。それどころか右手に持っている剣で炎の槍《フレイムランス》を引き抜こうとしているアイクを斬りつけてくる。

アイクは必死に炎の槍《フレイムランス》を引き抜こうとするが、ゴブリンキングの力はアイクより高く引き抜けないので、槍を諦めてとっさに剣をよけるが、判断が遅れてしまい、左腕を斬られてかなりの深手を負い、腕がだらんと下がってしまった。

「ぐっ！」

アイクが右手で斬られた箇所を押さえると同時に、

「「アイク！」」

ジークとマリアが叫ぶと《土砦《アースフォートレス》》、《氷砦《アイスフォートレス》》を消滅させ、アイクのもとに走り、必死になって《アースバレット》と《アイスアロー》を放ち、なんとかゴブリンキングをアイクから守る。

おかげで二人のＭＰはだいぶ少なくなってしまった。

俺もすぐに《トルネード》を解除し、急いでアイクに《ヒール》をかけに走る。

アイクのＨＰは37／１０１となっていたが一度の《ヒール》で87まで回復した。

今までの計算からすると魔力85の俺の《ヒール》は10＋（２／85）の端数切捨てで52回復するはずなのだが、50しか回復しなかった。もしかしたら《ヒール》の回復上限は50なのかもしれない。

もう一度《ヒール》を唱え、アイクのＨＰを満タンにすると、アイクが、

「すまない！　油断したつもりはなかったのだが……正直、ゴブリンキングと一対一は厳しいかもしれない……どうにか隙をつかないと」

悔しさを滲《にじ》ませながら言う。

「それではアイク兄と戦っている最中にゴブリンロードを倒します。そうすると召喚をしようとするかもしれないのでその隙をついてください」

アイクは頷くと火精霊の剣《サラマンダーソード》を右手にゴブリンキングのいる方へ走り出す。

たった今ゴブリンキングに深手を負わされたばかりで、恐怖心から足がすくんでもおかしくないと思うのだが、アイクはそんな感情を一切見せることなくゴブリンキングと激しい剣戟を繰り広げている。

しかしゴブリンキングの傷が徐々に塞がってきている。

ＨＰ回復促進の効果は本当に厄介だな。

アイクとゴブリンキングの激闘を横目に、瀕死《ひんし》になっているゴブリンロードとゴブリンジェネラルを一掃《いっそう》した。

ゴブリンロードが倒されると、アイクと剣戟を繰り広げているわずかな隙にゴブリンキングがゴブリンロードを召喚する。

やはり膂力に差がある分、ゴブリンキングの攻撃を受けるとアイクはノックバックしてしまい、その隙に召喚されてしまうようだ。

すぐにゴブリンロード二体が召喚されると、召喚されたゴブリンロードたちがゴブリンジェネラルを召喚し始める。

ゴブリンたちはまず戦力を増やすことが最優先らしい。

ゴブリンロードにゴブリンジェネラルを召喚される間に倒そうとするのだが何体かは召喚されてしまう。

そして二体目に結局二十体になるまで召喚されてしまう。

これはきつい。

「マルス！　召喚が早すぎて隙をつくことは無理そうだ！」

「お父様とお母様のところまで後退しましょう！」

俺たちはアイクをゴブリンキングから守った後、少し離れたところで戦況を見つめていたジークとマリアのところまで後退した。

ゴブリンたちは追いかけてくるが、ゴブリンキングは一緒には追いかけてこない。

一緒に追いかけてきてくれれば《トルネード》で一緒に巻き込めるのに。

と思ったが、あることに気づく。

これってゴブリンキングさえ参戦してこなければ、湧き部屋とほぼ同じ状況なのでは？

違うのはずっと二対二十なだけで、ゴブリンジェネラルを倒し続けていれば、ゴブリンロードはひたすら召喚するだけなので参戦ができない。

俺はアイクに恐怖の作戦を伝えると、アイクも笑みを浮かべて頷く。

そして俺たちはその作戦を実行すべく、ただひたすらゴブリンジェネラルを狩る。

ゴブリンジェネラルが召喚されなくなったら、ゴブリンロードを倒す。

ゴブリンロードを倒すと、ゴブリンキング新たにゴブリンロードを召喚し、そのゴブリンロードがまたゴブリンジェネラルを召喚する。

そのゴブリンジェネラルを俺とアイクでまた狩る。

俺がアイクに伝えた作戦は虐殺だ。

ゴブリンキングのＭＰを見ると、15に減っている。

ゴブリンキングのＭＰはあと半分だ。俺のＭＰもかなり減ってしまっており、ゴブリンキングと俺のＭＰどちらが先に切れるかという時だった。

ゴブリンジェネラルを倒しまくったことで俺のレベルが上がったのは。

【名前】マルス・ブライアント
【称号】風王／ゴブリンスレイヤー
【身分】人族・ブライアント男爵家次男
【状態】良好
【年齢】六歳
【レベル】15（＋１）
【ＨＰ】82／87
【ＭＰ】１９５２／５５８０
【筋力】55（＋３）
【敏捷】58（＋３）

【魔力】90（＋5）
【器用】77（＋4）
【耐久】53（＋3）
【運】30
【固有能力】天賦（LvMAX）
【固有能力】天眼（Lv6）
【固有能力】雷魔法　S（Lv0／20）
【特殊能力】剣術　B（Lv4／17）
【特殊能力】火魔法　G（Lv3／5）
【特殊能力】水魔法　G（Lv2／5）
【特殊能力】土魔法　G（Lv1／5）
【特殊能力】風魔法　A（Lv13／19）（12→13）
【特殊能力】神聖魔法　C（Lv5／15）
【装備】風の短剣《シルフダガー》

ついに称号がついた。風王とゴブリンスレイヤー。詳しく見てみたいがそこまでの余裕はない。

ただレベルが上がり、魔力が異常に上がったせいか、はたまた称号の影響が大きいのか《ウィンドカッター》がゴブリンジェネラルを貫通して二体まとめて倒せるようになった。

おかげでとても効率がよくなった。

だいぶ楽に倒せるようになり、戦況も完全にこちらのものになったので、ちょっと魔力を込めて《ウィンドカッター》をゴブリンキングに向けて放った。

かなり距離があったので剣での防御が間に合ってしまったが、ゴブリンキングの持っていた剣が真っ二つになり、ゴブリンキングの腕にも斬り傷をつけることができた。

もういつでも仕留められるなと思ったが、ゴブリンジェネラルやゴブリンロードはいい経験値になるので、ゴブリンキングを倒すのはまだ先だ。

そしてついにゴブリンキングのＭＰが０に……つまり最後のゴブリンロードを召喚した。

ゴブリンジェネラルもすべて倒しきり、もう出てこない。ゴブリンロードのＭＰも０になったのだ。

魔物はＭＰが０になっても寝ないらしい。

ゴブリンロードを倒し、残りはゴブリンキング一体。

何時間戦ったのだろうか……魔石は千個以上転がっている。

ジークとマリアはあまりにも凄い光景に絶句している。

アイクが俺に頷いて剣をしまった。

俺がゴブリンキングを倒せということだろう。

俺は無詠唱で《ウィンドカッター》を放った、・・・

この戦闘中に必死でゴブリンたちを倒している間に呪文を唱えるのが面倒になり、試しに無詠唱で《ウィンドカッター》を放ったらできたのだ。

ゴブリンキングは全く反応できず首が跳ぶ。

やっと終わった。そう思ったら気が抜けてしまい、その場に座り込んでしまった。ジーク、マリア、アイクが歓喜の表情で俺のところに駆け寄ってくる。

「よくやった！　マルス！　アイク！　お前たちがいなければ、倒すことができないどころか、ここまで来ることができなかった！」

ジークがこういうとマリアが俺とアイクを抱きしめた。

「よかった無事で！」

二人とも気が気ではなかったのだろう。

この部屋だけは難易度が高い。Cランクパーティのジークとマリアでも死んでいただろう。

みんなで喜んでいると祭壇に宝箱がポップしており、ゴブリンキングを倒した場所にも大きな宝箱があった。

まず近くにあるゴブリンキングの大きな宝箱を鑑定してみて罠がないことを確認してからあける。

ちなみに大きいのに価値は3だった。

中には貴重なミスリル銀のインゴットがあった。一キログラムが百本も。

これは相場を知らない俺でも分かる。高いものだと。

ジークとマリアの目がドルマークになっているのを横目に、もう一つの祭壇の宝箱を鑑定する。

すると、

【名前】宝箱
【特殊】－
【価値】4
【詳細】出現率、中に何が入っているかは【運】によって変わる

宝箱を開けると、

【名前】火幻獣《イフリート》の法衣
【防御】40
【特殊】魔力＋2　耐久＋4
【価値】A－
【詳細】火魔法適性者にしか装備できない。火魔法を付与《エンチャント》すると修復する。火耐性強

効果をみんなに伝えるとアイクが嬉しそうに装備した。

俺の運の値って一体……しょげているとみんながじゃあ今度王都に行く時にマルスの装備を一つ買おうと言ってくれた。このミスリル銀のインゴットの一部や魔石を換金すれば、凄い装備が

買えるだろうとのことだ。

本当は迷宮《ダンジョン》で出た宝箱から欲しかったが、いいものがあれば買ってもらおう。

ただいらないものを無理に買ってもらうつもりはないので、本当にこれといういいものがあればの話だ。

そんなことを思っていると、自分に称号がついていたことを思い出し、ワクワクしながら称号を鑑定してみた。

【風王】この世界で風魔法の十傑に入った者に与えられる称号。風魔法の威力UP
【ゴブリンスレイヤー】この世界で一番ゴブリンを倒した者に与えられる称号。ゴブリンに対して攻撃力極UP、防御力極UP。この称号を獲得した後に別の者が世界一になった場合、称号はその者にも新たに与えられる

これはいいものを手に入れた。

このことをジークに言うと、

「なんと！　称号か！　俺は称号持ちを一人も見たことがない！　しかも二つもか！」

ジークも興奮しながら喜んでくれた。

宝箱に恵まれなくても、俺には努力があるから地道に頑張ろう。

そう誓って家で【蒼の牙《ブルーファング》】と一緒に待つリーナのもとへ急ぐのであった。

第9話　その先に待ち受けるものは

ゴブリンキングを倒してから一年以上の時が流れた。

新しい街の名前はイルグシアに決まった。

ただしカーメル伯爵領ではなくなり、ジークが正式にイルグシア迷宮《ダンジョン》の管理者となりイルグシアの街の領主に就いた。

王都に行った時に、金の宝剣やミスリル銀のインゴットを献上し、褒美として子爵に陞爵されることになった。

もちろんイルグシア迷宮《ダンジョン》を見つけたり、アルメリア周辺の治安維持活動も評価に入っている。

普通であれば下級貴族は上級貴族の下に就くのだが、ジークは特別に誰の下に就くわけでもなく王の直下ということになっている。これは上級貴族と扱いが変わらない。

ただこういったことは稀《まれ》にあって前例がなかったわけではない。

カーメル伯爵も辺境伯に陞爵された。

イルグシアの街は順調すぎるくらい発展しており、当初の目論見《もくろみ》通りペーパーを終了したEランク冒険者がかなり集まった。

当然冒険者ギルドの誘致にも成功した。

迷宮《ダンジョン》の三層だけはBランクパーティ以上推奨と口酸っぱく言っているのでいまだに三層に行く

のは俺たち以外にはいない。

俺はこの一年はアイクと共に座学にも励んだ。

四則計算は前世の記憶があるので特に問題なかったが、この世界の常識を全く知らなかったのでちょうどいい機会だったので勉強した。

まず、俺が住んでいる国はバルクス王国という所で中央大陸の南西にある国らしい。

中央大陸では国家間の戦争が頻繁に起きていて東のザルカム王国とは今も小競り合いを続けている。そのためこの国では有用な冒険者をすぐに貴族に取り立てて戦力を確保している。

ただイルグシアはバルクス王国の最西端にあり、こういう戦争とはあまり関わりがない。

この国の人たちは子供の頃にＭＰを枯渇させるのをとても嫌うらしい。小さい頃にＭＰを枯渇させると意識が戻らなくなったり、最悪の場合死んでしまうことが多いからだ。

前にも言ったがＭＰを枯渇させても必ずＭＰが増えるというわけではなく、個人差があるとのこと。ちなみにアイクのＭＰ増加量もジークたちからすれば信じられないとのことだ。

あとこの世界の貨幣の価値を改めて習った。

石貨　百円
鉄貨　千円
銀貨　一万円
金貨　十万円

白金貨　一億円

魔石の価値も習ったのだが、こちらは時価とのことで参考程度に頭に入れておいた。

脅威度Ｅ　鉄貨一枚（千円）
脅威度Ｄ　鉄貨五枚（五千円）
脅威度Ｃ　銀貨二枚（二万円）
脅威度Ｂ　銀貨五枚～（五万円～）

脅威度Ｇ、Ｆは本当に二束三文とのことであてにするなと言われ、脅威度Ｂは価値にばらつきがあるらしい。脅威度Ａは倒したことがないから分からないらしいが、金貨十枚はくだらないだろうとのこと。

これだけ見るとＧ級、Ｆ級のペーパー冒険者はやっていけないのではないかと思うが、そもそも冒険者になれるのは十二歳の成人前なので、皆親元にいることだろう。順調に成人し、十五歳でＥ級冒険者になることができれば、護衛クエストや調査クエスト、採集クエストをこなしながら魔物を狩っていれば、自分ひとりくらい食うに困ることはないとのことだ。

もう一つ、前世が日本人の俺にはあまり馴染《なじ》みのない爵位もなんとなくだが覚えた。

上級貴族が公爵、侯爵、辺境伯、伯爵、

下級貴族が子爵、男爵、（準男爵）、となっている。準男爵だけ継承権がないので貴族扱いされないとのこと。

貴族の場合、保有している爵位が他になければ、継承者以外は準男爵か平民になるらしい。

前にも触れたが、下級貴族は基本的には上級貴族に仕える。

国王が上級貴族に領地を与え、上級貴族が下級貴族に領地を与えるという図式になる。

そして子爵や男爵には領地が与えられないことも多々ある。

また○○伯爵の○○には領地や地域を指す言葉が入る。

カーメル伯爵はカーメル地方を治める伯爵ということだ。

先ほども言ったが子爵以下は領地を持たない者も多い。

そういった者への敬称は難しいらしく、卿と呼ぶか様と呼ぶかは任されているらしい。まぁ敬うという雰囲気があればいいということか。

週に一回は三階のボス部屋に四人で向かおうということになったのだが、三回目からは俺とアイクの二人だけになった。そしてその成果がこれだ。

【名前】マルス・ブライアント
【称号】風王／ゴブリンスレイヤー
【身分】人族・ブライアント子爵家次男
【状態】良好

【年齢】七歳
【レベル】18（＋3）
【HP】108／108
【MP】7681／7681
【筋力】70（＋15）
【敏捷】73（＋15）
【魔力】110（＋20）
【器用】95（＋18）
【耐久】70（＋17）
【運】30
【固有能力】天賦（LvMAX）
【固有能力】天眼（Lv7）（6→7）
【固有能力】雷魔法　S（Lv0／20）
【特殊能力】剣術　B（Lv5／17）（4→5）
【特殊能力】火魔法　G（Lv4／5）（3→4）
【特殊能力】水魔法　G（Lv3／5）（2→3）
【特殊能力】土魔法　G（Lv2／5）（1→2）
【特殊能力】風魔法　A（Lv13／19）

【特殊能力】神聖魔法　C（Lv6／15）　（5→6）
【装備】風の短剣《シルフダガー》

実はこの一年半の間、ほとんど魔法の訓練ばかりしていた。なぜかというともし俺もMPが増えるのが十歳までだとしたら、十歳までは魔法の訓練優先の方がいいと思ったからだ。今でも最善の選択をしたと思っている。

体の成長もかなり早い。八歳を目前にして身長が百四十センチメートルを越えようとしている。マリアから聞いたのだが、神聖魔法使いは人よりも成長が早く、老いるのも遅いという。おかげで剣も扱えるようになったが、風の短剣《シルフダガー》で充分なので装備をしていない。持ち歩くのも荷物になるからな。

天眼がレベル7になったことにより魔力眼というものを覚えた。この魔力眼は魔力の流れが分かるようになり、相手が魔法を唱える直前に察知できるというものだ。

神聖魔法、火魔法、水魔法、土魔法もレベルが上がり、水魔法は《アイスアロー》を覚えた。土魔法はまだ《アースバレット》しか使えないが、土魔法レベル3に上がると《ストーンバレット》を覚えられるので一生懸命土魔法を使っているのだが、才能Gのため、風魔法と比べると全然レベルが上がらない。天賦のおかげでMPが他人より多く、しかもMPの回復速度も倍なのにだ。

これでは才能Gの人がレベルを5にするのはほぼ不可能な気もするが……。

だがいまだに風の短剣《シルフダガー》と《ウィンド》や《ウィンドカッター》を同時に扱うことができない。火魔法を撃ちながら走ることもだ。

あとなんとなくだが《風纏衣《シルフィード》》を使いながら訓練していると器用値が上がりやすい気がする。魔法を使いながら何かをするというのは、よっぽど難しく繊細なことなのかもしれない。

そしてアイクはというと、

【名前】アイク・ブライアント
【称号】ー
【身分】人族・ブライアント子爵家長男
【状態】良好
【年齢】十歳
【レベル】21（+2）
【HP】120／120
【MP】1082／1082
【筋力】80（+11）
【敏捷】60（+8）
【魔力】43（+6）
【器用】34（+5）

【耐久】76（＋11）
【運】10
【特殊能力】剣術　C（Lv4／15）
【特殊能力】槍術　B（Lv7／17）（6↓7）
【特殊能力】火魔法　C（Lv6／15）（5↓6）
【装備】炎の槍《フレイムランス》
【装備】火精霊の剣《サラマンダーソード》
【装備】火幻獣《イフリート》の法衣
【装備】火の腕輪

アイクは十歳を過ぎてからMPの伸びが悪くなった。本人には言っていないが、もしかしたらうすうす気づいているかもしれない。

初級魔導書の最後に載っていた火魔法レベル5で習得できる《ファイアボール》という魔法を発現させることができるようになっていたが、なかなか思ったように制御することができない。

アイク自身は「俺に才能がないだけだから仕方ない」と言っていたが、俺は迷宮《ダンジョン》の低層階でアイクが一生懸命《ファイアボール》を制御できるように頑張っているのを知っている。制御できない理由が器用値にあると思ったのか、必死に器用値が上がるような訓練をしている。

なんとなくだが、この世界の男性は器用値が上がりにくいのかもしれない。

その分、女性に比べて筋力と耐久が上がりやすいように思える。俺は天賦と《風纏衣《シルフィード》》のおかげか、どっちも上がっているんだけどね。

それでもアイクもC級冒険者クラスの強さはある。再来年から学校が始まるらしいのだが、ステータスが高すぎていじめられないか不安だ。

そして我らがアイドルのリーナはというと、能力値はそれほど変わっていないが、かわいさがもうとんでもないことになっている。俺とアイクとジークはもうデレデレだ。

嬉しいことにリーナが、

「マルスお兄ちゃん大好き」

と毎日のように抱っこをせがんでくれる。

リーナに変なことをする奴が現れたら、このマルスお兄ちゃんが成敗してくれる！


今俺は、迷宮《ダンジョン》の入り口で魔法の訓練をしている。

「《アースバレット》！」

「《アイスアロー》！」

「《ファイアアロー》！」

アイクは四則計算で苦戦しているので、【蒼の牙《ブルーファング》】のメンバーと一緒にこれからイルグシア迷宮《ダンジョン》に潜るのだ。

かねてから俺はイルグシア迷宮《ダンジョン》の行ったことがない場所に行ってみたかったので、リーダーのバンにその旨を伝えたところ快く引き受けてくれた。

一層に入ってすぐの丁字路は最初だけ右に行ったのだが、それ以降はずっと左にしか行ったことがない。

マッピングを完璧にするためにも一度は行ってみたいので、【蒼の牙《ブルーファング》】と合流すると、最初の丁字路を右に進む。

通路や部屋にいるゴブリンたちを倒しながら進んだ。

かなりの距離を歩いた。恐らく一層が一番広いんだろう。

最後の部屋、つまりもう先がない部屋までたどり着いた。

最後の部屋は普通の部屋よりも小さく、普通の部屋の半分くらいだ。

この部屋には明らかにおかしい所がある。

壁だ。この部屋の壁の一部は魔力でできている。というか魔力障壁なのだろうか？

魔力眼で見ると明らかにこの壁の先に何かがあると分かる。

「そこの壁なんですが、何かおかしくありませんか？　みんなで一緒に調べてもらってもいいですか？」

こういう普通じゃないようなところは複数人で確認するのが一番いい。

たとえ罠だとしてもみんなで触れば怖くない。

【蒼の牙《ブルーファング》】のメンバーたちが魔力障壁のような壁に触れる。

どうやら普通の壁らしい。

注意しながら俺も触ってみると、なぜか俺の手は何の抵抗もなく壁の中に入った。

何か気持ち悪い感覚が、壁に触れている手と腕を通じて伝わってきて、それを見ていた【蒼の牙《ブルーファング》】のメンバーがぎょっとした表情をして俺を見てくる。

「ど、どうした？　どうやって壁に手を入れたんだ？」

リーダーのバンが驚きながら俺のほうに寄ってくる。

手を壁から引き抜こうとすると、何かに掴まれているような感じがし、壁から手が抜けない。

「手が抜けなくなってしまったんですが、出すのを手伝ってくれませんか？」

メンバー全員で俺の体を引っ張ったり、壁を破壊しようとしたりするのだが、引き抜けないし、壁もびくともしない。

ジークたちに連絡を取ってから行動となると何時間もこの状態ということになる。

それに徐々にだが壁の中に手が引っ張られて、このままではいずれ壁の中に体全体が引き込まれてしまうだろう。

「バンさん！　僕はこのまま向こう側に行ってみます。バンさんたちは父の下へ向かって報告してください。僕も戻れるようでしたら、あとを追いかけます」

「俺もその手を考えていたんだが……危険だぞ？　戻って来られない可能性もある。いいのか？」

「はい……僕なりに考えたつもりですので。お願いします」

「分かった。それでは俺とイリスは念のために残る。他のメンバーでジークさんたちのところへ報告に向かってもらう」

　とてもいい提案をしてもらい、即座に頷いた。

「この壁はかなり分厚いみたいです。手の先はまだ壁の中ですので中に入ったら声が届かない可能性が高いです。では行ってきますので、お願いします」

　そう言うと「ちょっと待て」と言われ、手のひらに小さな水晶が置かれた。

「これを持っていろ。この水晶は対になっていて十キロメートルくらい離れていても、お互いの場所が分かるようになっている。今もう一つはメンバーのアンが持っているがそれをジークさんかアイクに渡しておく。もう一つの水晶の反応が分かるか？」

　水晶からもう一つの水晶が離れていくような感覚が受け取れる。

「はい。なんとなくですが、ここから離れていくような感覚があります。きっとアンさんが父のところへ向かっているんだと思います。ありがとうございました。だんだん右手と右腕の感覚がなくなってきて怖いので向こう側に行きます。では！」

　意を決し、壁の中に足を踏み入れる。

　壁の厚さは十メートルくらいあった。壁の中では息はできるのだが、気持ちが悪い。視界も暗くて悪いはずなのだが、なぜか見える。

　十メートルくらいあったというのは、十メートルくらい前が明るいということだ。恐らく壁の切れ目だと思う。

　魔力障壁の中はこんな感じなのかと思いながら、歩く。

歩きながら《風纏衣《シルフィード》》を使うと最初は安定しなかったが、すぐに慣れて纏うことができた。

そして壁の向こう側に出ると、目の前にあった光景は……。

第10話　再会

この世界に来てもう七年以上経つ。

短い命だったけど精一杯やった。諦めるつもりはないけどちゃんと現状は見えている。

私だけ逃げるわけにはいかない。この状況で騎士団が助けにきてもここまで辿り着くには一時間はかかるだろう。それに騎士団が来てもこの大群相手では……。

なんでこんなことに……。

最近魔物が多いとは聞いていた。

そのため、ビートル伯爵が騎士団をこの迷宮《ダンジョン》都市グランザムにずっと派遣してくれている。ビートル騎士団は百二十人以上いるので二十人ずつに分けて毎日ローテーションで迷宮《ダンジョン》に潜ってくれていた。

騎士団が迷宮《ダンジョン》に潜って魔物を間引いてくれているのだが、冒険者ほど迷宮《ダンジョン》の攻略に長《た》けているわけではない。

その冒険者たちはというと、西のバルクス王国との戦争で名を上げようとDランク以上の冒険者はみんな西へ向かってしまった。

ここの迷宮《ダンジョン》は私が生まれる少し前にできたばかりでゴブリンしか出ない。

そのためE級冒険者がたくさんこの街に集ってきてこの街はとても賑《にぎ》やかになった。

この迷宮《ダンジョン》はとても簡単らしいのだが、三層だけは凶悪になるらしい。

ゴブリンジェネラルがずっと湧き続ける湧き部屋というのがあるそうだ。

Cランクパーティがやっと倒せるくらいの強さらしく、この街でその湧き部屋を攻略できるパーティはいなかった。過去に一度、他の都市から有名なBランクパーティがこのグランザム迷宮《ダンジョン》にやってきて、湧き部屋は攻略できたらしいが、その先のボス部屋らしき部屋からは帰ってこなかったという。

その後ビートル騎士団もこの迷宮《ダンジョン》にアタックはしているのだが、湧き部屋の処理で精一杯でボス部屋までは未だに辿り着いていない。

この街に残っているE級冒険者たちも迷宮《ダンジョン》に潜っているのだが、彼らは二層の安全地帯《セーフティーゾーン》までしか行かない。その先はたまにゴブリンジェネラルが複数体出てきて命の危険があるからだ。

なので騎士団が三層にある湧き部屋の手前まで間引きをしているのだ。

そんな状況が先月まで続いていた。しかし最近になって異変が起こった。

この迷宮《ダンジョン》都市グランザムの周辺にまで魔物が頻繁に現れるようになったのだ。

魔物といってもコボルトだ。E級冒険者が数多くいるこのグランザムにとって脅威ではないはずだったが、数が多かった。

毎日百匹くらい倒さないとグランザムまで迫ってきてしまうので、騎士団は迷宮《ダンジョン》よりもコボルト退治に追われてしまった。

毎日グランザムに騎士団から二十人派遣というのはかなりの負担になるらしい。

グランザム以外の都市もあるし、魔物が増えているのはグランザム周辺だけではなくなり始めていた。治安維持もある。

それでもビートル伯爵は騎士団を送り続けてくれた。

しかし三時間くらい前にそれが起きてしまった。

迷宮飽和だ。迷宮《ダンジョン》から大量にゴブリンが湧いてくる。

グランザムにいる冒険者全員、迷宮飽和を経験したことがない。

もちろん私たちもない。だから最初ゴブリンが少し出てきたくらいだから大したことはないと思っていた。

それが間違いだった。あの時すぐに逃げる準備をしておけば……。

迷宮飽和に対応するために、冒険者たちはすぐにゴブリンたちを討伐しに行った。地上に出てきたゴブリン百体くらいを倒し終わったのは、迷宮飽和が起きてから一時間後くらいだった。

冒険者五十人くらいはいたと思うが、幸いなことに重傷者はいなかった。

私はというと冒険者を《ヒール》で治していた。

そう……私は貴重な神聖魔法を使える。ＭＰもかなり多いほうだと思う。

冒険者を一通り治したら第二波がやってきた。

一回で終わりだと思って《ヒール》を使ったのだが、それが間違いだったのかもしれない。

第二波は倍の二百体くらいが迷宮《ダンジョン》から出てきた。

それに今度はゴブリンメイジとホブゴブリンも多数いる。

冒険者たちは防戦一方となる。私も《ヒール》を使って援護していたのだがもういつＭＰがなくなってもおかしくはない。

第二波を見た住人たちが避難を始める。

避難した人たちが街の外にいるはずの騎士団に助けを求めてくれれば何とかなると思っていた……この時までは。

街の住人は西の検問所から外に逃げていく。

それをゴブリンたちが追って西の検問所はすぐさまゴブリンで溢れかえる。

逃げ遅れた住人たちは必死に南西の方角に向かってきた。

私たちがいるほうだ。

百体くらいは倒しただろうか、残り百体……ようやく先が見えてきた。

ただホブゴブリンとゴブリンメイジが何体もいるからまだ気は抜けない。

そんなことを思っていた時だ、第三波がやってきたのは。三百体はいるだろう。それもホブゴブリンとゴブリンメイジだけで三百体だ。

ここに避難しに来た住人だけではなく、冒険者も絶望していた。

私は父と母だけは逃げていてくれと願った。

この世界に来てから優しくしてくれた父と母。

私にとって二人目の父と母。

だがそんな私の願いも虚《むな》しく、耳に聞こえてはいけない声が聞こえた。

「よかった！　クラリス！　無事だったか！　ここは父さんが必ず守るから！　大丈夫だから安心しなさい！」

「よかった！　クラリス無事だったのね！　私たちが引き受けるから安心してね！」

父と母は逃げ遅れたのだ。いやもしかしたら私を置いて逃げることができなかったのかもしれない。

父と母は私の前に出る。

最前線は冒険者たちが引き受けてくれているが、今にも突破されそうだ。

もう何人かは重傷を負って後退してきている。

冒険者たちがどんどん後退するにつれゴブリンに包囲されていく。

そして完全に包囲されるまで三十分もかからなかった。

もう戦える冒険者は二十人くらいで、北側を冒険者、東側を住人が守っている。

住人の前線には父と母もいる。私の後ろには百人を超える怪我人。

そして住人が守る東側で重傷者が出た。父だ！

父の右腕は折れていた。そしてお腹から血が出ている。

「お父さん！　大丈夫!?　待って今すぐ治すから！」

「やめなさい……今お前が回復しなきゃいけない人は冒険者だ……冒険者を優先的に治せば、お前は助かる。住民も助かる……」

父が傷口を押さえながらも私を心配させないために、ゆっくり優しい声で説き伏せてくる。すると母もお腹から血を流して後退してきた。

どうやらゴブリンたちはもう勝利を確認しているらしく、じわじわとなぶり殺しにするつもりらしい。

その証拠に「ギャギャギャ」と下卑《げび》た表情を浮かべ、笑いながら攻撃している。

私は迷わず父と母に《ヒール》を唱えると、二人のお腹の傷は治った。

父の右腕は治らなかったが、一命はとりとめたので《ヒール》は一回でやめておいたのだが、《ヒール》で回復する様子を見ていた冒険者が、

「まだヒールが使えるなら、俺たち冒険者にも頼む！」

と言うと、それを聞いていた住民たちが、

「私のほうが重傷なんだから私から治せ！」

「俺が先だ！」

「ふざけるな！　私だ！」

目の色を変えて騒ぎ始める。こうなることは分かっていた。

だけど私は父と母を見捨てることなんてできない。

そうこうしているうちに人間同士で内輪もめを起こす。

中には私に暴力を振るってでも《ヒール》をかけさせようとする者もいた。

貴族だ。男が自分は男爵だから俺を治すのが最優先と言ってきたのだ。

貴族がすり傷しか負っていないのを確認し、大丈夫だと判断すると、私は残り少ないであろう

ＭＰを冒険者のために使った。

　すると貴族の男が私の頬を張った。

「ふざけるな！　不敬罪で処刑する！」

　貴族の男が剣を持って私に斬りかかってきた。

　まさかこの状況でそんなことするとは思っておらず、ただただその場で固まってしまい、剣が振り下ろされるのに対し、目を瞑《つぶ》ることしかできなかった。

　しかし目を瞑って何秒か経ってもまだ斬られていない。

　あれ？　と思って目を開けると、父が私の身代わりになり斬られていた。

　そして母も私の前にいる。

　二人で肉壁になるつもりだったのだ。

　私は即座に父に《ヒール》をかける。

　少し止血はできたであろうが、まだ血は止まっていない。

　そしてもう一度《ヒール》をかけたが、発動しなかった。

　ＭＰが１～９しかなくなってしまったのだ。

　斬られた父が貴族に言う。

「どうか娘をお許しください……寛大なご処置を……」

「貴様も私の邪魔をするのか！　親子ともども不敬罪で死刑だ！　死んで詫《わ》びよ！」

　狂剣が振り下ろされようとした時だった……貴族の男が吹っ飛んでいったのは。

驚いた私は貴族を吹っ飛ばし、いつの間にかそこにいた知らない男の子の方を見る。

私と同じ年くらいの男の子で、私よりも背が高い。

そしてどこか懐かしい感じのする男の子だった。

☆☆☆

壁の向こう側に出た俺の前には大勢の怪我人がいた。

後ろを振り返ると街の街壁らしい。アルメリアと同じような壁がある。

バンにもらった水晶からは全く反応がない。

この壁が迷宮《ダンジョン》と繋がっているのかと考えたが、今はそんなことを考えていられる状況じゃないらしい。

怪我人の向こう側では人とゴブリンが戦っている。

一際怒声や悲鳴が聞こえる場所があったのですぐにそこまで移動した。

子供の体のため、人が密集していてもすり抜けられる。

そして重傷者の脇をわざと通るようにして、他の人に気づかれないように《ヒール》を使う。

もっとも皆混乱しているので多少大胆に行動しても気づかれない。

重傷者たちは不思議な顔をして傷があった場所を見ている。

そしてすぐにその場所にたどり着いた。

異様な光景だった。ゴブリンと戦っているはずなのに、人が人を殺そうとしている。

なぜか周りの人たちは止めようともしない。

小さな女の子が「お父さん！」と叫んでいる。

きっと斬られそうな人があの子のお父さんなのだろう。

今ならまだ間に合う。

そう思って《風纏衣《シルフィード》》で斬りかかろうとしている男の前まで高速移動し、顎を狙って掌底を撃つ。

咄嗟《とっさ》のことで力を入れすぎたようで、斬りかかろうとしていた男はスタントマンかというくらい派手にふっ飛んだ。

俺の行動であたりは静まりかえる。

吹っ飛ばした男が目を覚ました時に、また斬りかかってきてはまずいと思ったので、装飾された剣を奪い、周囲にバレないように斬られそうになっていた男性の傷を治す。

「とりあえずゴブリンを倒しましょう！　状況は後で説明してください！」

近くにいた人たちに言うと、

「ゴブリンが三百体以上いるの！　中にはホブゴブリンもいる！　もう助からない！」

「それができるのであればもうやっている！」

と怒声が返ってきた。

「こちら側のゴブリンは僕だけで処理できます！　皆さんはあちら側に注意していてくださ

い！」

それだけ言い残し、ゴブリンの群れに突っ込む。

住民たちは何言っているんだという顔で俺を見ている。

そんな視線をよそに、俺は魔法を使わず剣だけでゴブリンたちを倒し始めた。

魔法を使うともしかしたらまだ生きている人にまで被害が出るかもしれないと思ったからだ。

三百体であれば五秒に一体倒しても千五百秒、二十五分あれば全滅させることはできる。

俺はゴブリンキングやゴブリンロード、ゴブリンジェネラルとばかり戦闘をしていたので、今さらホブゴブリンやゴブリンメイジ程度では相手にならない。

《風纏衣《シルフィード》》を使うまでもなく、瞬殺していく。

三十分後には街にいたゴブリンたちをすべて倒し終えた。

街は歓喜の声に包まれ、何人もの人が俺にお礼と感謝の言葉をかけてくれる。

だがすぐに第四波が来るかもしれないということで、住民たちは避難を始めた。

住民が避難し始めた時に、ここを治めているというビートル伯爵と共に騎士団がやってきた。

「私はビートル伯爵ラウル・グレイスだ！　どうなっている⁉　住民たちは無事か？　怪我をしている者はいないか？　重傷者から治療をする！　重傷者、または近くに重傷者がいる場合は騎士団に言え！　私に直《じか》に話してもよい！」

するとと俺がぶっ飛ばした男が伯爵にすがる。

「ビートル伯爵！　私はすり傷を負ってしまいました！　また正体不明の賊が私を襲ってきて意

識が飛び、頭が痛いです！　最優先で処置の方お願い致します！」

「うむ、それだけ話ができれば後回しでよかろう。住民たちの重傷者を探せ」

「な、何を⁉　まず貴族である私から治療の方をしてくださいませ！」

「くどい！　早く住民の保護を始めろ！」

ビートル伯爵はそう言うと、その場から立ち去り住民の手当や心のケアをし始めた。

軽くあしらわれた男爵は俺を見つけると金切り声で叫んだ。

「賊だ！　賊がいるぞ！　ひっ捕らえろ！　いや不敬罪で処刑しても構わん！」

住民たちは誰も動かない。

むしろ俺を守るように、俺を隠すように包囲した。

「何をしている！　貴様らも不敬罪で死刑にするぞ！　騎士団もあのガキを捕らえろ！」

すると騎士団の一人が言う。

「私たちへの命令権は残念ですが、ダメーズ様にはございません。私たちには住民の保護をと言われておりますので、ご理解いただければと思います」

騎士団員もその場から去り重傷者の捜索にあたった。

あいつはダメーズという名前か。

騎士団長でもないし、魔術団の団長でもなさそうだ。特別強いというわけでもなさそうだから、親からただ爵位を継承しただけか。こういう無能が爵位を継承してしまうのであれば、貴族は子供がたくさんいた方がいいな。

ただこの場に留まるのはよしておこう。またダメーズに絡まれてはかなわないからな。

そう思って俺が民家の陰に隠れると、ダメーズは俺を見失い、諦めたのか今度は住民たちに怒りの矛先を向けている。

その傍若無人なふるまいは見ていてさすがにイライラして思わず両手に力が入ったが、そこで右手にダメーズから奪った剣を持っていることに気づいた。

このまま立ち去ると借りパクか。これダメーズのなんだよなぁ……。

今暴れているダメーズに返すとまた住民たちに斬りかかるかもしれないから、今は返さないほうがいいと思う。今はというか一生返さないほうがいいのかもしれない。どうしようかなぁと思っていると、

「ありがとうございました！　おかげで私も娘も助かりました！」

声が聞こえた方を振り向くと、そこにはさきほどダメーズに斬られそうになっていた男がいた。

「いいえ。こちらこそ出しゃばったマネをして申し訳ございませんでした」

一瞬この人に剣を渡そうかと思ったが、この人が返しに行ったらまた斬られそうな気がしてやめた。

「それにしても随分お若いのに凄い力ですね。私の娘も同じくらいの年で天才だと思ったのですが……クラリス、来なさい」

そう言うと、男の後ろから女の子が出てきた。

その女の子は一言も喋ることなくじっと俺を見つめている。

俺も銀髪の青い目をしたとても整った顔立ちの女の子を見つめてしまう。
俺の頭が、心が何かを訴えている。
その訴えに俺はすでに気が付いている。

少年と少女はゆっくりと近づく。
そして近づいて手を取り合う。
『また助けてくれてありがとう。助かったわ』
『ありがとう。俺も助かった』
・・・
日本語で言葉を交わした後、俺たちはその場に頽《くずお》れて、互いを抱きしめながら泣きあった。

第11話 クラリス・ランパード

ひとしきり泣いた後、俺らは自己紹介をすることにした。

思わず抱き合ってしまったのだが、我に返って恥ずかしくなり、今はお互い正面を向いて座っている。ただなかなか涙が止まらない。

『俺は藤崎裕翔《ふじさきゆうと》、二十歳。こっちではマルス・ブライアント七歳』

『私は綾小路葵《あやのこうじあおい》、二十歳。こっちではクラリス・ランパード七歳』

『確認だけど、あのコンビニの店員だよね？』

『ええ。あの時助けてくれた人だよね？』

『助けきれなかったけどね』

日本語で話していると、クラリスの父と、母と思われる者が驚いた顔で俺たちを見ている。

まだまだクラリスと話したいことはいっぱいあるが、これ以上怪しまれるのも嫌なので、こちらの世界の言葉で話す。

「申し訳ございません。ゴブリンとの戦いで気持ちが高ぶっていたのと、僕が習ったばかりの言葉が通じたので嬉しくなって泣いてしまいました。僕はマルスと申します。七歳です」

自分でも支離滅裂な説明をしているなと思ったが、乗っかってくれたらしく、

「あ、ああ、急に娘と泣き出したんで驚いてしまって申し訳ない。グレイ・ランパードです。後

ろにいるのが妻のエルナ、そして娘のクラリスです」

「妻のエルナです。この度は私たちを助けていただきありがとうございました」

「クラリスです。マルス様。お時間があればお話をさせていただいてもよろしいでしょうか？」

クラリスの言葉に俺は頷いたが、グレイが俺を警戒しているように見える。

恐らく自分の娘に何かするかもしれないという警戒だろう。表情に少し表れている。

「クラリス、少し父さんと話をさせてもらってからでもいいかな？」

「はい。お父さん」

「マルス様はこのあたりの子供ではないと思うのですが、どこから来たのですか？」

「はい。僕は迷宮《ダンジョン》都市のイルグシアから来ました。元カーメル伯爵領です」

「ん？　そんな都市聞いたことないですな。カーメル伯爵というのも知らないですし」

「バルクス王国の南西にある迷宮《ダンジョン》都市アルメリアのさらに西にできた新しい迷宮《ダンジョン》都市です。カーメル伯爵は陞爵なされて辺境伯となられていると思いますが……」

「バルクス王国⁉　……そうですか。この街はザルカム王国の東に位置する迷宮《ダンジョン》都市グランザムです。知っているか分からないですが、我がザルカム王国とザルカム王国の西にあるバルクス王国は戦争中だと思われますが……ただ助けていただいたご恩もありますし……」

グレイの言葉を聞いて剣呑《けんのん》な雰囲気になる。

「立ち話もなんですし、いったん家でお話をしませんか？　周囲に聞かれると面白くないことが起きそうですし。私たちもダメーズ様に見つかると何かまた揉めそうですので……クラリスのためにも……ね？」

　エルナがそう言ってとりなしてくれた。

「そうだな。マルス様、いやマルス君。敵国とはいえ恩人だからしっかりとしたもてなしをしたいのだが、よろしいか？　まぁランパード家にできる限りでのもてなしだが」

「ありがとうございます。お話を聞かせていただきたいのでぜひお願いします」

　俺たちは誰にも気づかれないようにランパード家に向かい、道中でクラリスを鑑定してみた。

【名前】クラリス・ランパード
【称号】―
【身分】人族・平民
【状態】良好
【年齢】七歳
【レベル】1
【HP】15／15
【MP】2／428
【筋力】7
【敏捷】7
【魔力】14

【器用】８
【耐久】５
【運】20
【固有能力】結界魔法　Ｇ（Ｌｖ０／５）
【特殊能力】剣術　Ｃ（Ｌｖ２／15）
【特殊能力】弓術　Ｂ（Ｌｖ０／17）
【特殊能力】水魔法　Ｃ（Ｌｖ１／15）
【特殊能力】神聖魔法　Ａ（Ｌｖ５／19）

まず驚いたのが、この溢れる才能だ。Ａが一つ、Ｂが一つ、Ｃが二つは凄いな。

固有能力の結界魔法はレベル０。ということはまだ自分の固有能力に気が付いてないのか、俺と一緒で気づいても発現できないいか。実は俺も何度か雷魔法を使おうとしたのだが、発現しないのだ。

剣術レベル２というのはきっと前世での経験が活きているような気がする。あの雨の日の構えは綺麗だった。

ランパード家に着き、グレイから色々な話を聞いた。

このグランザムの状況、ビートル伯爵のこと、ダメーズ男爵のこと、クラリスのことなど。

さすがにザルカム王国の話はあまり教えてくれなかった。

俺の話やバルクスの話もした。家族のことや、イルグシアにもゴブリンだけが出る迷宮《ダンジョン》が最近出現したと。

嘘だと思われるのも嫌なので、迷宮《ダンジョン》をクリアしたことは明かさなかった。

いくら強くても七歳の子供が迷宮《ダンジョン》をクリアできるとは思わないからね。

あと俺が魔法を使えることは隠した。まぁ転生者のクラリスは分かっているかもしれないが。

「バルクス王国だけではなくザルカム王国も魔物が異常発生しているのですね。そして両国とも同じような迷宮《ダンジョン》ができている……あと何年かしたらイルグシア迷宮《ダンジョン》も迷宮飽和が起きるのかもしれない……このことを早くお父様たちに知らせないと」

「戦争なんてしている場合ではないのかもしれないな。我々平民がいつもバカを見る」

グレイがブツブツと言い始めた。そしてそのタイミングでクラリスが口を開く。

「お父さん、私もマルスと話をしてもいいかしら？」

おっ、呼び捨てになった。早いうちに敬称が抜けると親しみやすくなるから大歓迎だ。

「あぁ、年も近いことだしいい刺激にもなるかもしれないからな。好きにしなさい」

「では私の部屋にいきましょう」

ある程度俺への警戒心が解けたグレイがそう言うと、クラリスは俺の手を引っ張って二階の部屋に行く。

グレイとエルナをちらっと見たら驚いた顔をしていた。

そりゃあそうだよな。普通ここで話をすると思うよな。

だけど俺としても二人で話をしたかったから、今回はクラリスに強引に押し切られることにした。部屋に着くなり、

「あの後どうなった？　雷に打たれた後のことだよ？」

ベッドに二人で座るとクラリスが言ってきた。

見た目は子供、頭脳は大人（？）の俺には少し刺激が強い。

まぁお互い体は子供だから、何かあったりはしないけどね……。

俺は覚えている限りの亜神との会話をクラリスにした。俺の能力のことは話していないが。

クラリスにも境界世界でのことを聞くと、クラリスにはほとんど説明がなく、固有能力のことも知らなかったらしい。

そういえば亜神が俺以外の二人には分体が対応すると言っていたな。

ということはあのコンビニ強盗もこの世界に来ているということだ。

完全に失念していた。

そのことをクラリスに伝え、お互い転生者とバレないように行動する……人前での日本語は事情がない限り禁止することにした。

話をしていると窓の外が急に騒がしくなった。

どうやら第四波がきたらしい。

俺とクラリスは部屋の中から街中で行われている戦闘を見る。ずっと手を繋ぎながら。

クラリスが俺の手を取り部屋に招いてくれた時から、ベッドで話していた時も、そして今も手

を繋いでいる。

外の様子はというと騎士団が迷宮《ダンジョン》の周りを包囲しており、ゴブリンたちを抑え込んでいた。

第四波もホブゴブリンとゴブリンメイジの構成だったのだが、第三波と違うのは数だ。

まだ迷宮《ダンジョン》からゴブリンたちが出てきている途中らしく、どんどんゴブリンたちが溢れてきている。

このままだと騎士団が抑え込めない。戦線が突破されてしまうと街が蹂躙されてしまうだろう。

住民たちも逃げる準備だけはできている。まだ逃げてはいないが。

その様子を見ていたクラリスの手に力が入る。

俺は敵国ということもあって、あまり積極的にこの戦闘に関わらないようにしようとしていた。

ランパード家が危険になったら蹴散らす程度でいいと思った。

しかしクラリスにとっては違う。一緒に過ごしてきた人たちが酷《ひど》い目にあっていたら助けたくなるのは当然だろう。

「どうしたい？」

歯を食いしばっているクラリスに聞くと、

「当然……助けたい！　もちろんこの街を放棄しないで助けたい！」

「じゃあ助けに行こう」

「でもマルスは敵国の人でしょ？　今の私にはよく分からないけど、きっとマルスの国にとってはこのままがいいのでしょ？」

「俺の国にとってはこのままグランザムが魔物に蹂躙された方がいいのだと思う。だけどここにはクラリスがいるから。あの時は最後まで守れなかったけど、今回は最後まで守るよ。今思い付きで言ったけど、嘘は言ってないつもりだ」

その言葉にクラリスは涙を浮かべて抱きしめてきた。

今考えてみると俺はなんてことを言ってしまったんだと思った。吊《つ》り橋で口説き文句を垂れたようなものだろうか。自分の顔がどんどん赤くなっていくのが分かる。

「ありがとう」

クラリスにそう言われた俺は抱擁を解き部屋の外に出ると、そこにはグレイとエルナがいた。

ある程度の予想はしていたけど盗み聞きだろう。

「第四波が来たようです。僕は止めに行ってきます」

「いいのか？　もしかしたら大事になるかもしれないぞ。その時は私たちもマルス君の味方になってやれないと思う」

「覚悟の上です」

そう言って俺はダメーズ男爵の剣を右手に家から飛び出した。

第四波に怯《おび》え、逃げる準備をしている住民たちをかき分け、騎士団を前線で指揮しているビートル伯爵へのもとへ向かった。

住民たちは俺が通ると歓声を送ってくれる。

中には俺のことを「剣聖様」と呼ぶ人もいる。

伯爵は今にも崩れそうな戦線を必死になって指揮をしていた。

伯爵の後ろにはダメーズ男爵がおり、自分一人でも逃げられるように準備をしている。

第四波を抑え込めたら自分も参戦したことにできるように、そして危なくなったらいつでも逃げられるようにしているのだろう。

その伯爵のもとへ着き、住民たちから期待の目を向けられている俺が、

「ビートル伯爵、僕も一緒に戦ってもよろしいでしょうか？」

というと、そこにダメーズ男爵が割り込んできた。

「賊め！　成敗してくれる！」

叫びながら近くで拾ったであろう剣で斬りかかってきた。

間の悪い奴だ。

俺はダメーズの攻撃を躱すと、先ほどと同じく顎を掌底で撃ち気絶させた。

その様子を見た伯爵が、

「貴様何者だ？　その剣はダメーズのものではないのか？　どちらにせよ子供を参戦させることはできない。後で不敬罪について処分する故そこで待ってろ！」

「伯爵様！　その子供が先ほどお話しした子供です！」

「剣聖様！　ゴブリンたちをやっつけてください！」

伯爵の言葉に対して住民たちが俺を後押ししてくれる。

誰もダメーズの心配や肩を持つ者などいない。

「そうか、君か……では済まないが頼めるか？」

「承知いたしました。必ずや討伐して参ります」

伯爵も報告を受けていたらしく、まさかこんな子供がと思ったらしいが、困惑しながらも丁寧な言葉で言ってくれたので、今にも戦線が崩壊しそうな前線へ向かった。

☆☆☆

前線はもう限界を迎えていた。

騎士団長のブレアは怪我をしていても後退することができない。

後退しても怪我人や住民たちがいるだけだ。

冒険者たちは先の戦いでそれぞれが治療を受けており、こちらも戦闘に参加できない。

すでに自分たちができることは肉壁となって時間を稼ぐことしかできないと分かっていた。

しかしブレアは必死に鼓舞する。

「もう少しだ。もう少しすれば先ほどの剣聖がくるぞ！　それまで耐えろ！」

自分で言っても虚しいだけであった。

報告によると子供が三百体以上のゴブリンを一人で倒したと聞いたが、そんなことできるわけがない。

ザルカム王国の近衛騎士の上位やC級冒険者以上でないと無理だ。

そんなことを考えていると、左側にいた部下がゴブリンメイジの《アースバレット》を食らって戦闘不能になった。

手持ちの回復促進薬《ポーション》はもうなくなってしまっている。

後退させないと一分もしないうちに死んでしまうだろう。

だが後退させるわけにはいかない。

ここまでかと思った。ここから突破されてこの街は魔物に飲み込まれるのかと。

ホブゴブリンが見下すように笑いながら左の部下のとどめを刺しに来る。俺は正面のホブゴブリンとやりあうので精一杯だった。

せめて部下の最期を見ておこうとした時だった。

部下の目の前のホブゴブリンの首が跳んだ。

状況が全く呑《の》み込めず一秒にも満たない時間だが、フリーズしてしまった。

そして意識を戻すと重傷のはずの部下の傷が回復していた。

全快というわけではないが、致命傷ではなくなっていた。

さらに驚いたのだが、自分の目の前のホブゴブリンの首も跳んでいた。

☆☆☆

危なそうなところはすべて倒したな。

戦況を確認すると、《風纏衣《シルフィード》》を解き、慌てずにゴブリンたちを虐殺し始めた。

今回はゴブリンたちが密集していたので、一体倒すのに三秒くらいしかかからなかった。

先ほどまで残酷な笑みを浮かべていたゴブリンたちの顔が引き攣る。

いくら知能の低いゴブリンたちでも、自分たちが捕食者から獲物に変わったことに気づいたのだろう。なんせ俺はゴブリンスレイヤーだからな。

「よし、こいつでラスト」

最後の一体を倒して周囲を見渡すと、首がないゴブリンたちが転がっている。

住民たちからは至るところで歓喜の声が溢れ、躍り出す者もいた。「剣聖様万歳」という言葉まで聞こえてくる。

騎士団員もホッとしたようだが、怪我人を運んだり、混乱を収めるために、まだ休んではいられないようだ。

ビートル伯爵が俺のところまでやってきて、声高らかに賛辞を述べる。

「よくやってくれた！　剣聖マルス！　グランザムは君に救われた！　ダメーズ男爵のことは後にするとして、褒賞や今後のことも話したい！　いいかい？」

住民たちはビートル伯爵の言葉にまたも歓《かん》喜《き》雀《じゃく》躍《やく》している。

「はい。ただ質問があります。第五波は来ますか？」

「それに関しては分からない。迷宮飽和が起こることも稀だ。迷宮《ダンジョン》を攻略すれば間違いなく止まるはずなんだが……迷宮《ダンジョン》に潜るだけでも止まるという噂《うわさ》もある。どちらにせよこの状況で誰かを潜らせるわけにはいかない。潜るとしたらC級以上の冒険者か騎士団となるだろう。攻略するとなればBランク上位パーティが必要になってくる……まぁここで話すのも何だから冒険者ギルドのマスタールームに来てくれないか？」

「畏まりました。あと、この剣を後でダメーズ男爵に返していただいてもよろしいでしょうか？　無断で借りてしまっていたのですが……」

そう言ってビートル伯爵に剣を渡し、冒険者ギルドへついていくと、クラリスが嬉しそうに俺のところへやってきた。

「ありがとう。マルスにまた助けられたね」

「今度こそクラリスを助けると決めたからね」

この会話をビートル伯爵が聞いていたようで、クラリスも冒険者ギルドへ行くことになった。

第12話　覚悟

「改めて礼を言おう。ありがとう。早速だが君の名前を教えてくれ」

ビートル伯爵が冒険者ギルドのギルドマスタールームに着くと俺に尋ねた。

ビートル伯爵の隣にはギルドマスターらしき人がいる。

「マルスと申します」

「隣のお嬢さんのお名前は？」

「クラリスと申します」

「何歳かね？」

「「七歳です」」

「どうしてマルス君はあんなに剣術ができるんだ？　剣聖と呼ばれているようだけど？」

「独学でずっと剣を振っていました。剣聖とは勝手に呼ばれただけで、名乗ってはおりません」

なるべく自分の出自を聞かれないような回答を心掛けた。

クラリスもそれに気づいているので隣で頷いているだけだ。

「ふむ。本来であればもっと詳細を聞きたいのだが……まずこちらの願いを聞いてほしい。分かっているかもしれないが、このグランザムの治安維持に協力してもらいたい。簡単に言うとゴブリン討伐を手伝ってほしいということだ。当然だが褒賞は追加で出す。頼まれてはくれないか？」

「その前にお聞きしたいことが。先ほども伺いましたが、いつまで迷宮飽和が続くのですか？　迷宮飽和を止める手はないのですか？」

先ほどとあえて同じ質問をした。

「迷宮飽和がいつまで続くかは分からないが、迷宮《ダンジョン》を攻略すれば迷宮飽和は止まるはずだ」

「迷宮《ダンジョン》の攻略はいつ頃できますか？」

「私の領内にいるCランクパーティはここには連れて来られない。グランザム迷宮《ダンジョン》で経験を積んだ他のCランクパーティやDランクパーティはバルクス王国との戦争のために西に向かってしまった。他の貴族に助けを求めることは絶対にできない。色々付け込まれるからな。だから現状迷宮《ダンジョン》の攻略の目途はたっていないというのが本音だ」

「分かりました。それではまず今回の褒賞のほうを頂いてもよろしいでしょうか？」

「うむ。言ってみなさい」

「ランパード家の安全を約束してください。ランパード家はダメーズ男爵に一方的に逆恨みをされております。私が突然斬りかかられたのは自業自得ですが、ここにいるクラリスや家族が不敬罪で罰を受けるのはどうかご容赦ください」

俺とクラリスはダメーズ男爵とのいざこざを簡単に説明した。

「それは申し訳ないことをしたな。マルス君の行動も理解できた。ランパード家の安全は私が約束しよう。さすがにこれは褒賞とは言えないな。あまりにも当然のことだからな。他に望みはないか？」

「はい。条件付きとなってしまいますがよろしいでしょうか？」

「条件付き？」

「はい。僕は理由《わけ》あってこの街に長くは滞在できません。その期間に僕が迷宮《ダンジョン》を攻略します。攻略する準備の協力をお願いしたいのですがよろしいでしょうか？　そして攻略後に改めて褒賞の方を頂きたいのですが……」

ビートル伯爵はびっくりした様子で俺を見た。

まぁ七歳が迷宮《ダンジョン》に入ることすらあり得ないことなのに、攻略するなんて馬鹿なことを言い出すとか気が狂ったのかと思うよな。

そして隣にいるクラリスも物凄い剣幕で反対してきた。

「マルス！　いくらあなたでも危険よ！　命を粗末にしないで！」

クラリスが必死になって俺を止める。俺が「考えがあるから大丈夫」と答えるとビートル伯爵は、

「C級冒険者四人で編成されたBランクパーティですらボス部屋から帰って来られなかったんだぞ？　それをいくら剣聖と呼ばれていても君一人では無理だろう」

あまり迂闊《うかつ》なことを言うと出自を聞かれてしまう。

ただイルグシアにはなるべく早く帰らないといけない……いや帰りたいから、ここに長期滞在するわけにはいかない。

どうやって説得しようかと考え、困っていると、

「じゃあ私も一緒に行きます！」

きっとクラリスは神聖魔法で迷宮《ダンジョン》に潜る俺をサポートしてくれようとしているのだろう。

だが、悪くない案だな。もしも俺がこの街から去った場合はランパード家やこの街を守るのはこの街の人間だ。

幸いクラリスには才能がある。クラリスと迷宮《ダンジョン》に潜って数か月でそれなりに強くできればと思案にふけっていると、

「君が一緒に行っても何もできないだろう。足手まといになるだけだからやめなさい」

「いいえ、私は神聖魔法が使えます。傷ついたマルスを癒やすことができます」

今度は伯爵が唸る。ちなみにクラリスが神聖魔法を使えることはダメーズ男爵とのいざこざを説明している時に必要だったので、悩みに悩んだ末話していた。

「マルス君が長く滞在できない理由というのは聞けないのか？」

「はい。申し訳ございませんが……」

するとビートル伯爵の脇にいたギルドマスターが初めて口を開いた。

「迷宮《ダンジョン》に入るにはEランク冒険者以上、それか騎士団の方でないと許可できないのですが。また冒険者も十二歳にならないとなれないですし……」

「僕はもう……」

危うく俺は自分がEランク冒険者と言いそうになった。

そんなことを言ったらこのザルカム王国で七歳にしてEランク冒険者になった者がいない場合、他国の人間かもしれないと疑問を持たれてしまう可能性がある。

「もう？」

ギルドマスターが聞いてくる。

「僕はもうホブゴブリンやゴブリンメイジが何体いても負けません。それはビートル伯爵もお分かりいただいていると思います。どうしても肩書が必要なのであれば、迷宮《ダンジョン》の攻略中のみ騎士団の一員としていただければと思います」

「うむ。ビクトよ、マルス君の言う通りだ」

ビクトと呼ばれたギルドマスターは頭を垂れて「出すぎた真似をして申し訳ございませんでした」と言う。やっぱギルドと貴族って対等じゃないのね。

「じっとしていても仕方ないか……マルス君、クラリス嬢、君たちの提案を受け入れよう。準備や協力というのは具体的に何をすればいい？」

「それではまずクラリスが装備できる防具が欲しいです。あと剣を二振り、できれば弓も欲しいのですがよろしいでしょうか？」

「子供が装備できる防具はさすがに用意できない。そんなサイズの防具はないからな。弓は明日までに用意をしておく。剣はこれを今回の褒賞として授けよう」

そういうと伯爵は自身の腰に差していた剣を渡してくる。

綺麗な装飾がしてあり、一日で高価なものだと分かった。

「これは装備していると耐久値が上がる剣だ」

剣を鑑定すると、

【名前】ディフェンダー
【攻撃】20
【特殊】耐久＋4
【価値】B
【詳細】HP微回復促進

めっちゃいいのくれるじゃん。

これは間違いなくクラリスの装備だな。

「あとは、先ほどのダメーズ男爵の剣も授けよう、私からダメーズ男爵に伝えておく」

実はこれもいい剣だったんだよな。

【名前】ミスリル銀の剣
【攻撃】25
【価値】C
【詳細】装備者の魔力を通しやすい剣

「ありがとうございます。明日から早速迷宮《ダンジョン》の攻略を開始したいと思います」

「よろしく頼む。何か困ったことがあれば私に言いなさい」

ビートル伯爵が金貨を一枚俺に投げてくれた。

「これでしっかり英気を養うがよい」

そういえば俺は宿代すら持ってなかったから、これが一番ありがたかったかもしれない。

「重ね重ねありがとうございます。それでは失礼いたします」

俺たちは冒険者ギルドを後にする。

これからグレイとエルナの説得に行かなければならない。

なんせクラリスが迷宮《ダンジョン》に潜るなんて夢にも思ってないだろうから。


「……そうか……分かった。クラリス、この街のためにしっかり頑張るんだぞ」

冒険者ギルドでビートル伯爵と話した内容をグレイに話したらこの返答だ。正直俺は猛反対されると思った。

自分の子供が……七歳の女の子が、こんなにかわいい女の子が迷宮《ダンジョン》に潜るなんて理解されないと思っていた。いくら同行者が強いといっても七歳の子供だ。

「マルス君、クラリスをよろしく頼む」

「はい。必ずお守り致します。それでは僕は宿を取ってまいりますので、今日は失礼します。明日伺いますので、よろしくお願いします」

「何を言っているの？　マルス。うちに泊まりなさいよ。ね？　父さん？」

「う、む……そうだな、マルス君には大したお礼もできていない。ランパード家を救ってくれた恩人だからな。狭いところだが泊ってくれ」

やんわり断ったのだが、押し切られてしまった。

しかしクラリスの部屋には泊められないと言われた。当然だよね。

ただ就寝前まで二人でクラリスの部屋で話をした。クラリスの能力と俺の能力だ。

小さな声で、日本語で話す。

『話したいことがある。聞いてくれるかい？』

クラリスは俺が日本語で話しだしたことにびっくりしている。

しかしすぐに特別な事情があると悟ってくれたのであろう。

『ええ。何？』

『まず俺は鑑定という能力を持っている。クラリスを鑑定すると剣術と弓術と水魔法と神聖魔法の適性があり、固有能力の結界魔法というのもある』

『弓って私が使うの？　鑑定水晶を使った時に弓術の才能があることは分かっていたけど……それに結界魔法の才能なんて言われなかった……結界魔法ってどうやって使うの？』

クラリスは鑑定の儀ではなくて鑑定水晶を使ったのか？　グレイかエルナはクラリスが神聖魔法使いというのをどこかで感づいたのかもしれないな。恐らくは身長が同年代の子と比較して高いから、もしくは年齢から鑑みるに雰囲気があまりにも大人っぽいという理由かもしれない。

『弓はクラリスに使ってもらう。クラリスは剣術よりも弓術の才能の方があるらしい。そして神聖魔法は弓術よりも高い才能だ。あと申し訳ないが固有能力はどうやって使うか分からない。迷宮《ダンジョン》でしっかりレベルを上げて使えるようにしよう』

『才能に高いとか低いとかあるのね。分かったわ。あとは何かある？』

そうか。才能値というのを知らないのか。それでも俺の言葉を疑うことなく従ってくれる。

『ＭＰは毎日枯渇させた方がいい。最大ＭＰが上がるから。恐らく魔法の才能がある者は意識不明になったり、死んだりはしない。ＭＰ欠乏症で寝てしまうだけだ』

『ええ。それはなんとなく分かっていたわ。だから毎日のようにヒールを使っていたもの。でもどうして魔法のことをマルスが？』

『……実は俺は剣士ではない』

『剣聖ってこと？』

『いや魔法使いだ。俺は風魔法を主体とする魔法使いなんだ』

『っ！！！？！？！？』

クラリスはびっくりした声を漏らさないように、手で自分の口を押さえた。

『嘘でしょ？　あんなに剣術が凄いのに魔法使い？　でも風魔法って確か一番不遇って聞いた気が……』

『確かにこの世界では土魔法と水魔法が一番優れていると聞いたことがあるけど、風魔法もそれなりに強いと思う。今度迷宮《ダンジョン》に潜った時に見せるよ。あと俺も神聖魔法が使えるんだ。だからクラリスが傷ついてもヒールで治せる』

　クラリスがまた驚いた表情を見せるが、すぐに何かを思い出したらしく、俺の顔を下から覗き込むように少し上目遣いで話しかけてくる。

『神聖魔法使いって他の魔法が使えないんじゃなかったのって親御さんに驚かれなかった？　私が水魔法と神聖魔法が使えるということを知った時のお父さんとお母さんの表情は、今でも忘れないわ』

　どこもやっぱり同じなんだな。当時のブライアント家のことも話すと、クラリスが「やっぱり」と言ってかわいい笑顔を見せる。

『なんかびっくりしすぎて疲れちゃった。今日はもう眠いから明日また聞かせて？』

『ああ。分かった。それじゃあおやすみなさい』

『おやすみなさい』

　そう言って俺はクラリスの部屋からゆっくり出た。・・・

　ドアの前のグレイが隠れる時間を作ってあげないとな。

　まぁずっと日本語で、しかも聞かれないように小さい声で話していたから、会話の内容は分かるはずないいんだけどね。


　翌朝、俺たちはビートルル伯爵に弓をもらいに行ってから迷宮《ダンジョン》に行くことにした。

回復促進薬《ポーション》も買っておこうと思ったが、もうすでに品切れだった。

お店の人に聞いたら、ただでさえ高い回復促進薬《ポーション》が高騰しているらしい。

事前に迷宮《ダンジョン》のことを聞いていたので、今日の目標は安全地帯《セーフティーゾーン》まで行って戻ってくることにした。

本当であれば安全地帯《セーフティーゾーン》で泊ってレベル上げをしたいんだけど……下心はもちろんないよ？

ビートル伯爵や騎士団、街の住民たちに見送られながら俺たちは迷宮《ダンジョン》に入る。

グランザム迷宮《ダンジョン》の一層はイルグシア迷宮《ダンジョン》と同じような構造だった。

構造は一緒なのだが一つ違うのはゴブリンの数がグランザム迷宮《ダンジョン》のほうが多い。

場所によっては通路の隙間がないというくらいゴブリン渋滞が起きている。

俺は剣の腹でゴブリンたちを殴っていく。気絶や戦闘不能にするためだ。ゴブリンたちが密集していて隙間がない時は《ウィンド》で吹っ飛ばして気絶させた。気絶させたところでクラリスがとどめを刺す。いわゆるパワーレベリングだ。

「なんだか悪いわね。他の冒険者たちは苦労してレベルを上げているのに私はこんなに楽をして……」

そう言いながらクラリスが剣でとどめを刺している。

まだ弓は引けないらしく、レベルが上がって筋力値があがるまでは剣を使うことになった。

「緊急事態だから仕方ないさ」

構造がイルグシア迷宮《ダンジョン》と同じなのでイルグシア迷宮《ダンジョン》の二層に上がる道順で進んでいく。

すると大部屋に着いた。

イルグシア迷宮《ダンジョン》ではこの先が二層に上がる階段なのだが、ここでもイルグシア迷宮《ダンジョン》と違うところがあった。それは部屋の大きさと魔物の数だ。

ホブゴブリン二十体と、ゴブリンメイジが十体いるし、部屋も大きい。

今の俺にとっては何の問題もないのだが、ペーパーから上がりたての冒険者たちにはきついだろう。先ほどと同じように気絶させてからクラリスがとどめをさす。

あっという間に敵を倒しきると部屋の隅に宝箱があった。

これは幸先がいいなと思って鑑定すると、罠はないらしい、価値も3だ。

俺が宝箱を開けると、

【名前】神秘の足輪《ミステリアスアンクレット》
【特殊】魔力＋2
【価値】Ｂ－
【詳細】装備しながら歩くとＨＰ回復

大当たりキター。

クラリスに効果を説明し装備してもらった。

クラリスの綺麗な足に綺麗に装飾されたアクセサリーが輝く。

ディフェンダーと神秘の足輪《ミステリアスアンクレット》で少しは安心できるようになった。

そしてクラリスのレベルも順調に上がっている。

【名前】クラリス・ランパード
【称号】ー
【身分】人族・平民
【状態】良好
【年齢】七歳
【レベル】3（+2）
【HP】19／19
【MP】409／431
【筋力】9（+2）
【敏捷】8（+1）
【魔力】16（+2）
【器用】10（+2）
【耐久】6（+1）
【運】20
【固有能力】結界魔法　G（Lv0／5）
【特殊能力】剣術　C（Lv2／15）

【特殊能力】弓術　B（Lv0／17）
【特殊能力】水魔法　C（Lv1／15）
【特殊能力】神聖魔法　A（Lv5／19）
【装備】ディフェンダー
【装備】神秘の足輪《ミステリアスアンクレット》

やはりパワーレベリングをしているせいか、ステータスの伸びが悪い気がする。成長率は人によって違うと思うが、これだけ才能に恵まれているのだから、もっと上がってもいいと思うのだが……パワーレベリングはしないほうがいいのか？

そして大部屋の先に進むと下に降りる階段があった。

ここはイルグシア迷宮《ダンジョン》と違って下っていく迷宮《ダンジョン》だった。

安全地帯《セーフティーゾーン》まで行きたかったのだが、二層へ向かわず、いったん帰ることにした。

予想外にゴブリンの数が多く、ＨＰこそ減っていないものの、クラリスに疲れが見られたからだ。

迷宮《ダンジョン》から出たのはお昼を少し過ぎたころだった。

迷宮《ダンジョン》から出てクラリスの家に帰る前に、俺たちは迷宮飽和で怪我をしている人たちがいる診療所へ向かった。

クラリスのＭＰを効率よく使うために、怪我をしている冒険者や騎士団、住民たちを治すのだ。

当然傷が深い者から治していく。まぁ致命傷の人たちは昨日のうちに俺が少し治しておいたんだけどね。

ＭＰが一桁になると「また今度来ます」と言って家に帰る。

それを見ていたグランザムに住む人たちは聖女様だと言い出した。

クラリスの家に着き、身を清めてから遅い昼食を取った後、ＭＰを枯渇させて俺たちは眠りにつく。

もちろん俺も迷宮《ダンジョン》から帰ってくる時から《風纏衣《シルフィード》》を展開している。ＭＰ枯渇はしっかりしないとね。


夕方ごろに起きた俺はグランザムの街を散歩していると、住民たちからも声をかけてもらったり、少しだけ世間話もしたりした。

ダメーズ男爵は廃爵になる可能性があるという。

まぁ住民の目の前であんな凶行をしちゃだめだよな。

武器屋も見てみた。

迷宮飽和が起きて武器はすっかりなくなってしまい、嬉しい悲鳴だという。

インゴットとかあれば高く買い取ってくれると言っていたので、湧き部屋に行けるようになったらと思ったりもした。

道具屋も回復促進薬《ポーション》がないから高価買取すると言っていた。

グランザムからイルグシアに戻るまでの路銀を考えると、お金はいくらあってもいい。

だが、俺がインゴットや回復促進薬《ポーション》を納品することによってバルクス王国にとっては不利なことになる。考えものだ。

完全に日が落ちたので、ランパード家に戻り、魔法の練習をしているとクラリスが起きてきた。

俺は夕方に起きてから何も食べてないので、クラリスと一緒に夜ご飯をいただいた。

「お母さん、もう一食分私とマルスの分作っておいてくれる？　これからまた迷宮《ダンジョン》に潜るから」

「え？　もう遅いわよ？　明日にしなさい」

「迷宮《ダンジョン》に朝も夜も関係ないわ。マルスがいるうちに何とかしないといけないのだからお願い」

「分かったわ。気を付けて行ってくるのよ。マルス君、クラリスをお願いね」

俺は頷くと支度をしてから迷宮《ダンジョン》に向かった。

迷宮《ダンジョン》に入るとゴブリンの数が少しだけ減った気がする。まぁイルグシア迷宮《ダンジョン》よりは多いのだが。

「クラリス、パワーレベリングをやめて一度ゴブリンと戦ってみてもらってもいいか？」

「ええ。でもどうして？」

「パワーレベリングだとステータスの伸びが悪いような気がするんだ。ゴブリンだけと戦ってもらって、ホブゴブリンとゴブリンメイジは俺が倒すから」

俺の言葉に納得してくれたクラリスがゴブリン相手にディフェンダーを両手に持ち奮戦する。

普通であれば七歳の女の子が剣を持つのは難しいかもしれないが、クラリスは違った。

コンビニでの凛とした姿を彷彿させるような構えでディフェンダーを両手に持ち、ゴブリン相手に互角以上の戦いを繰り広げる。神聖魔法使いだから体の成長が早いというのもプラス材料だと思う。

水魔法レベル3で習得することができる『アイスアロー』を覚えれば、より安全に戦えるから、水魔法を重点的に訓練しようとも思ったのだが、あの努力家アイクの火魔法の才能もCで、レベルが3に上がるまでにかなりの時間を要したので、剣術を磨いてもらうことにしたのだ。だが水魔法を諦めたつもりもない。こちらも剣術とまではいかないが、しっかりとやってもらう。

クラリスがゴブリンと戦い少しでもダメージを受けたら俺が《ヒール》で回復するを繰り返す。

二層にあるであろう安全地帯《セーフティーゾーン》に早く向かいたい気持ちを我慢して、クラリスのレベルが上がるのを待つ。

再会した時にレベルが上がっていなかったことから、今まで魔物と戦闘したこともなく、そのための訓練すらしたことがないであろうクラリスは、身体的にも精神的にもきつそうだったが、それでも弱音を吐かずに必死に戦う。

「もう帰ろう」と俺が言っても、「もう少しやらせて」と言い、剣を握る力がなくなるまでクラリスは戦い続ける。

剣が握れなくなると迷宮《ダンジョン》を出て、診療所に向かい怪我人を治す。これを繰り返し、ようやくクラリスのレベルが5に上がる。

【名前】クラリス・ランパード
【称号】ー
【身分】人族・平民
【状態】良好
【年齢】七歳
【レベル】5（+2）
【HP】23／27
【MP】438／440
【筋力】13（+4）
【敏捷】13（+5）
【魔力】20（+4）
【器用】15（+5）
【耐久】11（+5）
【運】20
【固有能力】結界魔法　G（Lv0／5）

【特殊能力】剣術　C（Lv3／15）（2→3）
【特殊能力】弓術　B（Lv0／17）
【特殊能力】水魔法　C（Lv1／15）
【特殊能力】神聖魔法　A（Lv5／19）
【装備】ディフェンダー
【装備】神秘の足輪《ミステリアスアンクレット》

パワーレベリングしていた時と雲泥の差だ。

剣をただただ振り下ろすだけではなく、しっかりと力を込めて振ることで筋力値も上がり、何度もゴブリンたちの攻撃を食らうことによって、耐久値も上がっていることを鑑《かんが》みても差は歴然だ。

「クラリス、辛いかもしれないけどやはりパワーレベリングよりもこうやって地道に頑張ろう」

クラリスにレベルが上がったことを告げ、スタータスもかなり上がったことを伝えると、綺麗な青い目に涙をため、一言「よかった」と呟く。

もしかしたらパワーレベリングをしないでステータスが上がらなかったらどうしようとか思っていたのかもしれない。

次のターゲットはゴブリンメイジだ。ゴブリンメイジについては俺が囮になってアースバレットを使わせ、MP枯渇したところにクラリスが襲い掛かる。

これもパワーレベリングの一種になるのかと少し不安だったが、クラリスのレベルが上がった時にステータスが普通に上がっていたのでそうではないようだ。

何日も一層で戦い、クラリスのレベルが10になったのは俺がグランザムに来て一か月が経とうとした時だった。

「今日から二層に潜るけど戦い方は変えない。ホブゴブリンは矢を射てから剣で攻撃をすること。倒すことよりも攻撃を食らわないことに重点を置いてくれ」

俺の言葉に頷いたクラリスと共にいよいよ二層に潜る。

クラリスはレベルが上がり筋力値も上がっていたので、弓を引くことができるようになり、ホブゴブリンを俺が言ったように矢を射てから剣で倒していた。

クラリスと慎重に二層を進む。イルグシア迷宮《ダンジョン》であれば余裕だと思うのだが、ここはグランザム迷宮だから油断はできない。クラリスも同行しているからなおさらだ。

やはり二層も構造はイルグシア迷宮《ダンジョン》と同じらしく、安全地帯《セーフティーゾーン》までの道順は一緒であった。

また出てくる敵もホブゴブリンとゴブリンメイジだけとなっていて、二層も気持ち悪いくらい渋滞していた。

一体ずつ慎重にゴブリンたちを倒していくと、部屋の入り口が白く光っている部屋が見える。

安全地帯《セーフティーゾーン》に着く隣同士に座って話をする。

「クラリスもう少し頑張れるかい？」

「ええ。もう少し頑張るわ」

「じゃあ少し休んでから次の部屋に行こう、次の部屋にはおそらくゴブリンジェネラルがいるからその部屋を攻略してから帰ろう」

「分かったわ。少し休むわね」

クラリスはそう言うと俺の肩に頭を寄せてきて、何の警戒心もなくすぐに眠りについた。クラリスのいい香りが鼻腔《びこう》をくすぐる。

三十分くらいでクラリスが起きたので、早速次の部屋に向かう。

するとやはりゴブリンジェネラルがいた。三体もだ。

イルグシア迷宮《ダンジョン》より確実にハードだな。ゴブリンジェネラル以外にもホブゴブリンが十体いる。

さすがにまだクラリスにゴブリンジェネラルは早いので、俺がゴブリンジェネラルを倒してから、クラリスにホブゴブリンを一体ずつ倒してもらう。

複数体相手にする時は俺が囮になり、クラリスが遠くから弓を引くという戦い方だ。ゴブリンメイジの時とほぼ同じような戦い方だ。よく考えるとどこにでもいるパーティの戦い方だからやはりこれもパワーレベリング扱いにはならなかった。

すべての敵を倒し終え、部屋を見渡すと宝箱が部屋の隅にあったので、早速宝箱を鑑定してみる。

【名前】宝箱
【特殊】罠（矢）

【価値】3
【詳細】出現率、中に何が入っているかは【運】によって変わる
クラリスに罠があることを伝えると、昔ジークに教えてもらったように宝箱を後ろから開けた。

【名前】魔法の弓矢《マジックアロー》
【攻撃】ー
【特殊】魔力＋2　俊敏＋1
【価値】B＋
【詳細】魔力で作った矢を放てる弓。使用者の魔法適性により様々な属性の矢を放てる。弓自体には風魔法が付与《エンチャント》されているので非常に軽。

矢を持ち歩かなくてもいい弓なんて絶対にクラリスに向いた装備だ！

相変わらず俺の運は自分には作用しないのが悲しいが……。

クラリスは自分の装備だけが豪華になっていくのに後ろめたい気持ちがあるようで複雑な表情を浮かべている。

「私の装備ばっかり出て……私に冒険者にでもなれって言ってるのかしら？」

あ、そっちか。装備とか今必要なだけであって、普通に考えればいらないのか。

取るもの取ったし、俺たちは迷宮《ダンジョン》から帰還した。

迷宮《ダンジョン》を出たら、何時か分からないくらい、暗くなっていた。

もう閉まっているかもしれないが、いつものように診療所へ向かうと、まだ診療所の明かりはついていた。診療所に顔を出すと怪我人たちが大いに喜ぶ。聖女様が来てくれたと大騒ぎだ。

俺が剣聖様と呼ばれている気持ちが少しは分かってくれたであろう。

苦笑いをしながらまたＭＰが枯渇寸前になり、また今度来ますと告げて帰った。

もう迷宮飽和の時の怪我人はいないのだが、グランザムの外にも魔物が多く発生しているらしいので、毎日のように怪我人がここに運ばれてきているようだ。

そして今日もクラリスのレベルが上がっていた。クラリスのレベルアップはかなり早いな。

【名前】クラリス・ランパード
【称号】ー
【身分】人族・平民
【状態】良好
【年齢】七歳
【レベル】11（＋６）
【ＨＰ】55／55
【ＭＰ】２／４７２

【筋力】23（＋10）
【敏捷】24（＋11）
【魔力】36（＋16）
【器用】32（＋17）
【耐久】22（＋11）
【運】20
【固有能力】結界魔法　G（Lv0／5）
【特殊能力】剣術　C（Lv3／15）
【特殊能力】弓術　B（Lv1／17）　（0→1）
【特殊能力】水魔法　C（Lv2／15）　（1→2）
【特殊能力】神聖魔法　A（Lv6／19）　（5→6）
【装備】ディフェンダー
【装備】魔法の弓矢《マジックアロー》
【装備】神秘の足輪《ミステリアスアンクレット》

パワーレベリングをしないでやはり正解だった。あのままパワーレベリングをしていてもここまで強くはなっていなかっただろう。

また弓術のレベルが上がると器用値が2上がることが分かった。

このステータスで冒険者にならないのであれば、クラリスは将来何になりたいのだろうか？

そんなことを思いながらランパード家に戻って身を清めてからご飯を食べ、ＭＰ枯渇させて寝ることにした。

第13話　蠢く影

ブレアはある人物をマークしている。

ビートル伯爵に極秘に依頼されたのだ。

この人物をマークしていてすぐにこいつは明らかにおかしいと思った。

こいつは伯爵に命令されていることがあるはずだ。なのになぜ武器屋や道具屋に行っているのだろう……街中でも一見普通の住民と話しているようだが調べてみると出自が不明なやつらだった。

ブレアはこの人物に気づかれないように、少数の部下と一緒に見張り続けるのであった。

☆☆☆

俺とクラリスが迷宮《ダンジョン》に潜るようになってから二か月が経った。

今日から湧き部屋での狩りを始める。クラリスもレベルが上がって俺が囮にならなくてもホブゴブリン程度であれば余裕で倒せるようになっていた。

これが今のクラリスのステータスだ。

【名前】クラリス・ランパード
【称号】－
【身分】人族・平民
【状態】良好
【年齢】七歳
【レベル】14（＋3）
【HP】70／70
【MP】518／518
【筋力】28（＋5）
【敏捷】30（＋6）
【魔力】44（＋8）
【器用】42（＋10）
【耐久】28（＋6）
【運】20
【固有能力】結界魔法　G（Lv0／5）
【特殊能力】剣術　C（Lv3／15）
【特殊能力】弓術　B（Lv2／17）（1↓2）
【特殊能力】水魔法　C（Lv2／15）

【特殊能力】神聖魔法　Ａ（Ｌｖ６／19）
【装備】ディフェンダー
【装備】魔法の弓矢《マジックアロー》
【装備】神秘の足輪《ミステリアスアンクレット》

二層までのゴブリンの数もだいぶ落ち着いてきた。

今ではイルグシア迷宮《ダンジョン》より少し多いくらいになっていた。

先日から迷宮《ダンジョン》に入る時間を長くするために保存食を持ってきている。

安全地帯《セーフティーゾーン》に保存食などを置いて、二層の大部屋を攻略し、今は三層を歩いている。

もうすぐ湧き部屋だ。

歩きながらクラリスに言う。

「最初は俺が全滅させるから見ておいてほしい。湧き部屋の仕組みはさっきも説明したけど、実際に見たら焦ると思うから」

「分かったわ。マルスの《ウィンドカッター》を早く見てみたいしね」

そう、俺はまだ《ウィンドカッター》をクラリスの前では使っていない。あくまでも囮に徹し、攻撃はなるべくしないようにし、クラリスの身の安全を第一に立ちまわっていた。

イルグシア迷宮《ダンジョン》と同じ場所に湧き部屋があったのだが、違う所が一つ。予想はしていたのだが、ゴブリンジェネラルは最初から三十体もいて、渦も三十か所にあった。

少し前に騎士団が見た時は二十か所と言っていたので、これは迷宮《ダンジョン》自体が進化、または変化しているのだろう。

俺としてはゴブリンジェネラルが二十体でも三十体でも変わらない。

むしろ経験値がより多く得られる三十体のほうが嬉しいくらいだ。

クラリスがゴブリンジェネラルの多さに困惑している。もしかしたら少し怖いのかもしれない。

「ほ、本当に大丈夫なの？　この多さは異常じゃない？　騎士団全員で向かわないと無理じゃないかしら……」

「大丈夫だよ、クラリス。ゴブリンジェネラルが何体いても絶対に勝てるから。見ていて」

クラリスにいいところを見せようと少しイキって、俺はゴブリンジェネラルを虐殺しに行った。

☆☆☆

クラリスはゴブリンジェネラルの群れに向かっていくマルスを見ていた。

いつもマルスは剣を右手に戦闘をするが今回はなにも装備していない。

ただマルスが手を横に振ると手の先にいるゴブリンジェネラルたちが真っ二つになった。

鎧や武器なんて関係ない。マルスの手の一振りで標的にしていたであろうゴブリンジェネラルとその周囲のゴブリンジェネラルがまとめて真っ二つになる。

三十体倒すのに二分も掛かっていなかった。

驚いたのが、倒されたゴブリンジェネラルの死体がもうないことだ。

倒した瞬間に魔石になっていたのだ。

凄い。クラリスは素直にそう思った。

普通の人であれば、恐怖を抱くであろう。

しかしクラリスは嬉しかった。誇らしかった。

これがマルスでなければクラリスも恐怖を抱いていたであろう。

しかしマルスに対する絶対的な信頼が彼女を恐れさせなかった。

☆☆☆

ゴブリンジェネラルを文字通り虐殺した俺は少し後悔していた。

やりすぎた……クラリスにかっこいいところ見せたくて張り切りすぎた。絶対に怖がっているよな……。

そう思ってクラリスの方へ振り返るとクラリスが飛びついてきた。

「凄い！　マルス！　本当に！」

予想外のことだったから俺はクラリスを支えきれず転んでしまった。

もちろんクラリスはちゃんと抱っこしたままだ。

「怖くなかった？」

「全然！　途中から安心して見てられた」

「いや、俺のこと怖くない？」

「怖いわけないでしょ⁉　嬉しいし、誇らしいよ。同じ前世から来たんだぞって自慢したいくらいよ」

俺もこんな美少女と秘密の情報を共有しているんだぞと自慢したいくらいだ。

少し甘い時間を過ごした後、

「そういえばここの部屋は一人で三十分以内に全滅させると宝箱が出たと思うんだけど……あ、あった！」

そう言うとクラリスも宝箱の方へ向かう。

宝箱を鑑定するとやはり価値２の宝箱があった。

宝箱を上げると水晶が出た。

【名前】鑑定水晶
【特殊】－
【価値】Ｅ
【詳細】一回だけ人や物の鑑定ができる

これって地味に当たりだよな。一回しか使えないけど……。

レベルアップのモチベーションにもつながるから、クラリスに後で使ってあげよう。聞いたステータスよりも、自分で確認できた方が、モチベーションが上がるかもしれないからな。

「よし、あと少しでまたゴブリンジェネラルが復活する。一旦外に出てすべてのゴブリンジェネラルが復活するのを待とう。俺に考えがあるんだ」

クラリスは何も言わずに俺の言葉を信用して頷いてくれる。

そして俺の作戦により、クラリスのレベルが二週間後に俺を超すことになる。


「倒したらすぐに次が湧いてくる！　頑張ろう！」

「ええ！　まだ魔力に余裕があるからこのまま魔法の弓矢《マジックアロー》で削ってからディフェンダーでとどめを刺すわ！」

俺はずっとクラリスの戦闘を目で追っていた。

クラリスはすでに一対一でゴブリンジェネラルを倒せるようになっていた。

ただし一対一でないと少し危ない。

なので湧き部屋に入るとまず俺が一分間に一体ずつ倒す。

二十九体倒したところでクラリスと交代する。

するとクラリスは一分間、一対一の戦いができる。

クラリスがダメージを食らったらすぐに俺がヒールをかける。

まだ一撃でクラリスはゴブリンジェネラルを倒すことができないが、魔法の弓矢《マジックアロー》でゴブリンジエネラルの目を狙い、視界を奪ってからディフェンダーでとどめを刺しにかかる。

魔法の弓矢《マジックアロー》をまだ正確に目に当てることはできないが、だいたい顔付近には当たるため、必ずゴブリンジェネラルは怯《ひる》む。

まして湧いてきてすぐのことだから、周囲の状況がよく分かっていない状態だ。反応して矢をどうにかするというのは無理な話だろう。

一体倒すのに一分以上かかることもあったが、その時は俺が次のゴブリンジェネラルを倒す。もっともそれはゴブリンジェネラル狩りを始めたころで、今はその必要がないのだが。

「これを倒したら安全地帯《セーフティーゾーン》に戻ろう！」

クラリスは頷くだけで、だいぶ疲れていたのか声を出さなかった。

クラリスは自分からは休憩をしたいとは絶対に言い出さない。だから俺がクラリスの表情や仕草を見てから判断しないと大変な目にあう。

一度、魔法の弓矢《マジックアロー》でゴブリンジェネラルの目に矢を当て、ディフェンダーでとどめを刺そうとした時に握力が無くなって、ディフェンダーを投げてしまった時は心臓が飛び出るかと思うくらいヒヤッとした。

しかしそんなクラリスとゴブリンジェネラルを狩っている時はとても楽しかった。

ゴブリンジェネラルを狩っている時だけではない。一緒にいる時はいつでも楽しかった。

前世での青春時代はずっと一人で努力していたからな。

二人で努力するって本当に楽しい。しかも一緒に努力しているのはとんでもない美少女だ。

俺はなんてリア充な生活を送っているのだろう。

俺とクラリスが迷宮《ダンジョン》に潜ってからというもの一度も迷宮飽和が起きていない。

ビートル伯爵は迷宮飽和が起きていないのは俺とクラリスが迷宮《ダンジョン》に潜っているからだと住民たちに説明した。結果俺は剣聖、クラリスは聖女という呼称がより一層定着してしまったが。

ただ悪いことだけではない。グランザムの街の人たちととても仲良くなれた。

敵国の住民たちと仲良くなるということが悪いことかもしれないが、俺にとってはそうではなかった。

もちろんクラリスが診療所を訪れて《ヒール》をかけていたこともあったし、俺が迷宮飽和を食い止めたこともあって、住民たちは出自を明かさない俺を受け入れてくれた。

また迷宮飽和が収まってから住民が増えたらしい。

これはグレイが言っていたのだが、一回迷宮飽和が起きればもう迷宮飽和が起きないだろうとのことで、他の都市からの移住者も増えたということだ。

迷宮《ダンジョン》の宝箱から回復促進薬《ポーション》が出ると、街に戻った時に道具屋に売ったり、インゴットが出た時は武器屋に売ったりした。

それぞれ価格が高騰しているのだが、道具屋や武器屋に納品するときの値段は通常の値段にしている。

すると道具屋や武器屋も値段を抑え、これには街のみんなも喜んでくれた。

グレイやエルナも俺への警戒心がなくなり、完全に信頼してくれているように見える。

クラリスのゴブリンジェネラル狩りという外泊も許してくれるようになった。

正直このままグランザムの街に住むということも考えた。

俺はこの街の住民も空気も好きで、慣れ親しみすぎた。そして何よりクラリスのことを……。

「MP枯渇させてからまた湧き部屋に行って、終わったら今日は帰ろう」

「そうね。早くシャワーを浴びたいわね」

「うん。あと一週間くらい湧き部屋に通ったら、次は結界魔法を頑張って覚えてみよう。結界魔法を覚えてからボス部屋に潜ってこのグランザム迷宮《ダンジョン》を……」

「ええ……そうね……早く攻略しないと……ね」

最近グランザム迷宮《ダンジョン》の攻略をするという話をすると言葉が尻つぼみになる。

お互い分かっているからだ。

一緒にいることができるのはグランザム迷宮《ダンジョン》を攻略するまでだと。

安全地帯《セーフティーゾーン》に戻った俺たちは、壁に寄りかかり肩を寄せ合いながら眠るのだった。

ゴブリンジェネラル狩りを終え、街に戻るといつものように住民たちと話をしながら道具屋と武器屋に寄る。回復促進薬《ポーション》とインゴットを納品しに行くためだ。

もう診療所に行くことはなくなった。グランザムの周囲の魔物も騎士団や冒険者が倒しきったからだ。

道具屋と武器屋に寄った後にランパード家に戻ろうとすると、何か違和感を覚えた。

「何か視線を感じないか？」

「いいえ？　誰かに見られているの？」

クラリスは違和感がないらしい。

最近たまにあるのだが、誰かから見られているというよりは監視されている感じだ。

気づいていないふりをしてあたりを見回しても、誰から見られているのか分からない。

剣聖や聖女に憧れていて視線を向けてくる人は隠れる必要がない。

疲れているだけなのかなとも思った。

だが何も警戒をしないで悪い結果になるのであれば、警戒をしすぎた方がマシだと思い、クラリスをいつでも守れるようにしながらランパード家に戻る。

ランパード家に戻るとシャワーを浴びて食事をとった。

俺はいつまでも居候をするのは悪いと思い、クラリスには内緒でランパード家にお金を支払っている。

最近の俺のふところ事情は良いので、大した出費でもないしね。

少し窓の外を見てみる。今は夕方過ぎだ。

先ほどの違和感はすでになく、クラリスは疲れてリビングのソファで横になって寝ていた。

クラリスを鑑定してみる。

【名前】クラリス・ランパード
【称号】ー

【身分】人族・平民
【状態】良好
【年齢】七歳
【レベル】19（＋5）
【HP】90／90
【MP】0／540
【筋力】37（＋9）
【敏捷】40（＋10）
【魔力】55（＋11）
【器用】57（＋15）
【耐久】38（＋10）
【運】20
【固有能力】結界魔法　G（Lv0／5）
【特殊能力】剣術　C（Lv3／15）
【特殊能力】弓術　B（Lv4／17）（3↓4）
【特殊能力】水魔法　C（Lv2／15）
【特殊能力】神聖魔法　A（Lv6／19）
【装備】ディフェンダー

【装備】魔法の弓矢《マジックアロー》
【装備】神秘の足輪《ミステリアスアンクレット》

驚異のレベルアップ。もう抜かれてしまった。

亜神様の説明だと、次のレベルまで必要な経験値は個人差と言っていたな。間違いなくクラリスは必要な経験値が少なくて、おそらく俺は多い……そしてその上天賦のおかげで三倍……まぁ覚悟はしていたことだからな。

クラリスのステータスは剣を使っているので敏捷、器用は上がるし、魔法の弓矢《マジックアロー》も使うので魔力と器用も上がる。そしてダメージもちょくちょく食らうので耐久も上がる。もちろん得物を使うので筋力も上がる。

また驚いたことにクラリスも器用値が50を超えたあたりで、神聖魔法を無詠唱で使えるようになった。

これで一つはっきりしたことがある。無詠唱は才能依存だ。少なくとも才能Aで器用値50あれば無詠唱で発現させることができるはずだ。

なぜそう思うかというと、俺は無詠唱で神聖魔法を使うことができない。器用値は俺の方が高い。神聖魔法のレベルも同じだ。努力の差と言われてしまうとなんとも言えないが、クラリスはあっさりと無詠唱で発現させることができたと言っていた。俺の風魔法もそうだったしな。

となると雷魔法も覚えれば無詠唱で発現させることができるようになるのか……しかし何度や

っても雷魔法は発現しない。まぁこれも努力次第だろうから焦らずやるしかないな。
何はともあれクラリスの成長は順調だ。
一週間後には結界魔法の練習を始める。
俺の楽しいクラリスとの時間も終わりが近づいてきた。

☆☆☆

なんでこいつは迷宮《ダンジョン》と武器屋と道具屋を往復している？
ビートル伯爵からの命令を何だと思っている？
またこいつがなんで迷宮《ダンジョン》に入っているのかも疑問だ。
何かを企《たくら》んでいるそれだけは分かる。
ブレアは部下と共に今日もある人物を監視していた。

☆☆☆

クラリスとのゴブリンジェネラル狩りからさらに一週間が経った。
クラリスはアイクよりもレベルが上がるのが早く、もう20まで上がっている。
今日からクラリスの結界魔法の練習を始める。

ただ結界魔法の練習といってもも何をしていいのか分からない。

魔導書なんてものはないし、教えてくれる人も当然いない。

俺たちは手掛かりがないまま湧き部屋に来ていた。

「結界魔法、なんとなくどういう類の魔法か見当はつくけど……そう簡単には覚えられそうにはないわね」

「結界魔法は使えればいいくらいに考えて、とにかくできる限りの努力だけはしよう」

本音は安全のためにも必ず覚えて欲しい。

なんせ結界魔法というくらいだから、身を守る魔法であることは容易に想像できる。

ただしあまりプレッシャーをかけるとよくないと思ったから先ほどのような言葉を使ったのだ。

クラリスとの訓練という名の楽しい時間がどんどん過ぎていく。

「マルスごめんなさい。こんなにも付き合ってもらって。だけどこれだけやって覚えられないとちょっと病んでくるわね……」

「しょうがないさ。クラリスしか使えない魔法だからね。明日はボス部屋突入する日だから、今日はこれくらいにしてゆっくり家で休もう」

一週間やっても結界魔法は覚えられなかった。

そしてついにグランザム迷宮《ダンジョン》ボス部屋攻略当日の朝となった。

クラリスはここまで相当頑張った。

【名前】クラリス・ランパード
【称号】ー
【身分】人族・平民
【状態】良好
【年齢】七歳
【レベル】20（＋1）
【ＨＰ】94／94
【ＭＰ】549／549
【筋力】39（＋2）
【敏捷】42（＋2）
【魔力】57（＋2）
【器用】61（＋3）
【耐久】40（＋2）
【運】20
【固有能力】結界魔法　Ｇ（Ｌｖ０／５）
【特殊能力】剣術　Ｃ（Ｌｖ３／15）
【特殊能力】弓術　Ｂ（Ｌｖ４／17）

【特殊能力】水魔法　C（Lv2／15）
【特殊能力】神聖魔法　A（Lv6／19）
【装備】ディフェンダー
【装備】魔法の弓矢《マジックアロー》
【装備】神秘の足輪《ミステリアスアンクレット》

才能もあってレベルが上がると、ステータスもかなりの伸びを見せるが、俺やアイクよりもステータスが低いのは、やはり訓練し始めたのが最近だからだろう。

それでもC級～D級冒険者くらいのステータスにはなっている。

実践経験が乏しいから同じようなステータスの人間よりかは弱いかもしれないが……。

俺はというとレベルは上がっていないが、囮になったり魔法を使っていたりしていたため、ステータスは上がっていた。

グレイとエルナには今日突入するとは言っていない。

しかし雰囲気から読み取ったのであろう。

家を出ようとすると「絶対に無事に帰ってきてね」とか「無理だと思うのであれば、今日じゃなくてもいいんだぞ」とか言ってきた。

後ろ髪を引かれる思いでランパード家を後にし、冒険者ギルドへ向かった。

今日はビートル伯爵と一緒に迷宮《ダンジョン》に潜る。

ボス部屋まではいかないが、安全地帯《セーフティーゾーン》まで一緒についてきて見守るというのだ。

伯爵とは冒険者ギルドで待ち合わせをするということになっている。

俺らは伯爵を待たせるわけにはいかないので一時間前に待ち合わせ場所の冒険者ギルドに着いた。

するとほぼ俺らの到着と同時にビートル伯爵が来た。

「おや、結構早めに着くようにしたのだが、待たせてしまったかね？」

「いいえ、僕たちもたった今到着したばかりですので」

「今日は頑張ってくれ。褒賞の方も期待しておいてくれていい」

「ありがとうございます。それでは早速ですが行きましょうか」

「ちょっと待ってくれないか、今日は騎士団からも数人連れて行こうと思う。いくら安全地帯《セーフティーゾーン》と言え、私一人では少し心許《こころもと》ないからな」

すると伯爵の後ろから十人ほど騎士団員が現れた。

その中から一人の男の人が挨拶してきた。

「初めましてではないが、話をするのは初めてだな。騎士団長のブレアだ。マルス殿には迷宮飽和の際、ギリギリのところを助けてもらった。今更だが、ありがとう。あとクラリス嬢も騎士団員の手当をしてもらい助かった。今日は伯爵の警備をするので、同行させてほしい」

「「よろしくお願いします」」

ブレアの第一印象は荘厳、厳格だ。
曲がったことは許さない、ちょっと融通が利かないといった感じがにじみ出ている。
そんなブレアを鑑定してみた。

【名前】ブレア・ブレイズ
【称号】―
【身分】人族・ブレイズ準男爵家当主
【状態】良好
【年齢】三十六歳
【レベル】27
【HP】182／182
【MP】5／5
【筋力】44
【敏捷】40
【魔力】1
【器用】20
【耐久】60
【運】1

【特殊能力】剣術　Ｅ（Ｌｖ５／11）
【特殊能力】槍術　Ｄ（Ｌｖ７／13）
【特殊能力】斧術　Ｅ（Ｌｖ４／11）
【装備】銀の剣
【装備】銀の槍
【装備】手斧
【装備】銀の鎧

剣術に槍術、そして斧術の才能があり、天性の物なのか、それとも騎士団という民を守る仕事故か分からないが、ＨＰと耐久値が高い。

騎士団長ということもあって準男爵らしい。

冒険者ギルドからグランザム迷宮《ダンジョン》までは近いので、歩いて行くことになった。

俺とクラリスが先頭を並んで歩いて、その後ろを騎士団が伯爵を守りながら歩く。

少し歩くと、違和感を覚えた。先日から感じている視線だ。今日はいつもより確実にその違和感を捉えることができた。

「クラリス、やはり視線みたいなものを感じないか？」

「言われてみれば、何か感じるかもしれない……後ろの方からかしら？」

「ああ、まだ住民が外で活動する前だからな。間違いなく普通の住民ではないだろう」

俺は足を緩めて伯爵の近くまで下がった。

「ビートル伯爵、ブレア騎士団長、何か違和感があるのですが気のせいですか？」

「どういった違和感だい？」

伯爵が驚いたように答えた。

「少し前からなのですが、視線を感じるのです。今日は特に違和感が……」

「その件は、迷宮《ダンジョン》を攻略してからにしよう。私の方で対策はしてあるから、マルス君は迷宮《ダンジョン》の攻略に集中してほしい」

今度は俺が少し驚いた。伯爵も視線に気づいていた。そしてその正体も把握しているらしい。

クラリスの隣に戻ってその話をしてみる。

「私たちの知らないところで何かあるのは確実なようね。でも伯爵の言う通りだわ。私たちは迷宮《ダンジョン》の攻略に集中しましょう」

「分かった。何かあったらすぐに教えてくれ。後悔はしたくないから」

一抹《いちまつ》の不安を抱えながら迷宮《ダンジョン》に向かった。

第14話　楽勝

迷宮《ダンジョン》内部は平常運転だった。

俺とクラリスでゴブリンたちを屠《ほふ》っていく。

ビートル伯爵や騎士団員たちは、クラリスの動きにびっくりしていた。

先日まで神聖魔法しか取り柄がなかった七歳の娘が、今はゴブリンジェネラルと互角以上にわたりあっている。

そして装備のおかげで、多少のダメージはすぐに回復する。

騎士団員もゴブリンジェネラルを倒せないわけではない。

受けたダメージの回復手段が乏しいので長期戦ができないのだ。

安全地帯《セーフティーゾーン》まで行くと少し休憩した。

休憩中にブレアがクラリスに聞く。

「クラリス嬢は昔からこんなに強かったのか？　私よりも強く見えるくらいで驚いているのだが……」

「いいえ、私はマルスと出会ってこの二か月でここまで強くなれました。二か月前はゴブリンを倒すのもギリギリだったと思います」

「どうやって急激にそこまで強くなれたのか教えてくれないか？」

「マルスの言う通りに戦っていただけです。ただ自分でも信じられないくらい強くなっているというのは実感できます」

するとと伯爵が、

「何にしろ、我がグランザムの街にこれだけの才女が誕生したというのはとても良いことだ。マルス君もグランザムにとどまってくれればもっと良いのだがね」

「申し訳ございません。僕もそうしたいのですが、事情がございまして……もうそろそろ出立したいのですが、よろしいでしょうか？」

俺が逃げるようにそう言うと、

「申し訳ない。それではグランザムのために、ビートル伯爵領のために、そして我らがザルカム王国のために、迷宮《ダンジョン》の攻略を頼む」

伯爵がザルカム王国という言葉を強調した。もしかしたら俺の正体にうすうす気づいているのかもしれない。

「承知致しました。必ずやビートル伯爵のご期待にお応え致します」

俺はそう言うとビートル伯爵に会釈をしてクラリスと一緒に安全地帯《セーフティーゾーン》を出る。

道中での違和感の正体はビートル伯爵や騎士団の人たちかもしれないと思った。

もしかしたら俺の出自を探っていたのだろうか？

そんなことを思いながら湧き部屋のゴブリンジェネラルを全部倒す。

そしてボス部屋の扉の前にきた。

「クラリス、以前に言ったけど、もう一度言うね。ボス部屋にはゴブリンキングという魔物がいる。ゴブリンキングはゴブリンロードを召喚し、ゴブリンロードはゴブリンジェネラルを召喚する。クラリスには俺のサポートをお願いしたい。ただ自分の身の安全を一番に考えてくれ。あとＭＰはできる限り温存してほしい。だから魔法の弓矢《マジックアロー》は極力撃たないでくれ」

「分かったわ、なるべくマルスから離れず、ゴブリンに囲まれないように立ち回るわ」

　俺らはお互い頷いてから扉を開け、静かに、注意しながら部屋に入ると、イルグシア迷宮《ダンジョン》とは違う光景が広がっていた。

　ボス部屋の大きさが、イルグシア迷宮《ダンジョン》のボス部屋よりも倍以上はあるが、こちらの方が狭く感じる。

　理由はゴブリンの数だ。

　ゴブリンキングが二体、ゴブリンロードが四体、ゴブリンジェネラルが百体近くいるのだ。

　ゴブリンキングの数は正直想定内だがゴブリンジェネラルの数が予想以上だった。

　イルグシア迷宮《ダンジョン》ではゴブリンキングは一体、ゴブリンロード二体、ゴブリンジェネラルが二十体に対し、この数だ。

「クラリス！　相手の数が予想以上に多いが、作戦は変えないぞ！　ここで倒しきる！」

「分かったわ！　回復は任せて！」

　百体弱のゴブリンジェネラルを《ウィンドカッター》で倒すのは効率が悪いと思ったので、範囲魔法の《トルネード》を使って巻き込み、今回は《トルネード》の中に《ウィンドカッター》を仕込んだ。

大きい竜巻《トルネード》がゴブリンジェネラルを飲み込む。

ゴブリンロード、ゴブリンキングは範囲外だ。

《トルネード》の中に《ウィンドカッター》を仕込むと、空中に放り投げられ、身動きが取れないゴブリンジェネラルが次々と魔石に変わっていく。

百体くらいいるゴブリンジェネラルを《トルネード》で一掃できたのは大きい。

《ウィンドカッター》を仕込んだら消費ＭＰが１００も消費した。通常の《トルネード》の２倍だ。

一体あたりＭＰ１で済むからかなり効率的なのだが、少し贅沢をしている気分になる。

「な、何その凄い魔法……」

「《トルネード》と言って今俺が使える中で一番強い魔法だ。殺傷力は《ウィンドカッター》よりも低いけどね。広範囲魔法だからこういう時便利なんだ」

この部屋に入った時はかなり危ないと思ったが、《トルネード》の威力が思ったよりも強くなっていたので、結局何体いようが変わらなかった。

むしろいい経験値になってよかった。

《トルネード》を六十発くらい撃った時にはもうゴブリンキング、ゴブリンロードから召喚はされなかった。

そして意外とあっさりゴブリンキングを倒すと、俺のレベルも上がっていた。

【名前】マルス・ブライアント
【称号】風王／ゴブリンスレイヤー
【身分】人族・ブライアント子爵家次男
【状態】良好
【年齢】七歳
【レベル】19（＋1）
【HP】114／114
【MP】1552／7784
【筋力】73（＋3）
【敏捷】77（＋4）
【魔力】115（＋5）
【器用】99（＋4）
【耐久】73（＋3）
【運】30
【固有能力】天賦（LvMAX）
【固有能力】天眼（Lv7）
【固有能力】雷魔法　S（Lv0／20）

【特殊能力】剣術　B（Lv5／17）
【特殊能力】火魔法　G（Lv4／5）
【特殊能力】水魔法　G（Lv3／5）
【特殊能力】土魔法　G（Lv2／5）
【特殊能力】風魔法　A（Lv13／19）
【特殊能力】神聖魔法　C（Lv6／15）
【装備】ミスリル銀の剣
【装備】風の短剣《シルフダガー》

B級冒険者のステータスを見たことがないから分からないが、おそらくB級クラスはあると思う。ジークがB級はステータスの合計が400くらいと言っていたしな。

視線を祭壇の方に向けると祭壇の上に一つ。二体のゴブリンキングがいた付近にもう一つの宝箱がポップしていた。

しかも祭壇に出てきた宝箱の価値は4だ。

たまには俺以外の人にも開けてもらおうと思いクラリスにも一個開けてもらうことにした。

まずは価値4の宝箱を俺が開ける。

【名前】聖女の法衣《セイントローブ》

【防御】30
【特殊】魔力＋3
【価値】A
【詳細】女性専用装備。状態異常無効。自動修復

効果を説明すると早速クラリスが身に纏った。

派手ではないが装飾がされており、ピンク色の刺繍《ししゅう》もかなりかわいい。

そして法衣の内側には魔法陣が描かれている。これが自動修復機能だろうか？

ベースの色は銀髪のクラリスによく似合う白色だ。

「か、かわいい……」

思わず口にするとクラリスが顔を赤くして、

「あ、ありがとう。これも絶対に大事にするね……」

その表情と仕草に俺も顔が赤くなってしまった。

「じゃあ今度は私が開けるね」

そう言ってクラリスはもう一つの宝箱を開けた。

【名前】偽装の腕輪
【特殊】ー

【価値】ー
【詳細】装備者のステータスを偽ることができる。しかし自分のステータス以上の数値にはできない。普通の鑑定では看破されない

黒い魔石が埋め込まれた腕輪で、このような効果がある装備があればと思っていた品だ。

早速装備してステータスをいじる。これで学校に行くことになっても浮くことはないな。

この時までは呑気《のんき》にそんなことを考えていた。


「あれ？　いない？　待っているって言っていたのに」

ボス部屋を出て、安全地帯《セーフティーゾーン》に戻るとビートル伯爵や騎士団長のブレア、それに騎士団員全員がいなかった。

ボス部屋からここまでは一本道だからすれ違うということはありえない。

「私たちはどうすればいいのかしら？　このまま帰っていいのかしら？」

「うーん、もしかしたら俺らが早く着きすぎたのかも、予定では戻ってくるのに五時間以上かかるかもしれないと言ってあったから、もしかしたらみんなで迷宮探索《ダンジョンアタック》しているのかも……。クラリスの強さを見て騎士団員たちも奮起していたしね。もう少し待とう」

「そうね、まだ三時間くらいしか経ってないからね」

そう言って俺らは二人の残り少ないであろう時間を過ごした。

新しく手に入れた装備の性能を確かめたり、将来の夢を語り合ったり。

しかしいくら待てどもビートル伯爵たちは来ない。

安全地帯《セーフティーゾーン》で三時間待っていたのに、伯爵たちが来なかったので俺らは街に帰ることにした。

「結局来なかったね。どうしたんだろうか？　何かあったのかな？」

「そうね、ただ迷宮《ダンジョン》を探索しているという可能性もまだ捨てきれないから迷宮《ダンジョン》を探索しながら帰りましょう」

「オッケー。じゃあ行こう」

俺らは伯爵たちとすれ違わないように、しらみつぶしに調べながら迷宮《ダンジョン》を上っていく。

それでも二層にはいなかった。

しかし収穫もあった。

二層を調べていると宝箱があった。

価値3での宝箱で中身は、

【名前】ミスリル銀の短剣
【攻撃】20
【価値】C
【詳細】装備者の魔力を通しやすい短剣

俺には風の短剣《シルフダガー》があるので、クラリスに渡した。

少し不思議なのが、ミスリル銀の剣、ミスリル銀の短剣とアイクの装備している炎の槍《フレイムランス》の価値が一緒ということだ。

ミスリル銀は価値が高いのは知っているが、炎の槍《フレイムランス》のほうがはるかに性能は高い。

価値は必ずしも性能に結びつかないということだな。

俺らは一層の探索をし始めたが、しらみつぶしに探索はしないで帰ることにした。

一層であれば、あまり危険がないため、街に戻ってから、残りの騎士団でも再探索が可能だと思ったからだ。

そして迷宮《ダンジョン》に突入してから十時間くらい経っただろうか。

俺とクラリスは迷宮《ダンジョン》の出口付近まで来ていた。

もうすぐクラリスとお別れなので、帰りの足取りが重い。

クラリスも同じ思いなのか足取りが重く、口数も少なかった。

出口の前まで来た俺はクラリスに目配せをして扉を引こうとしたときに気が付いた。

扉の向こう側が妙に騒がしいことを。

第15話　謀反

「伯爵、内乱が起こっているようです！　騎士団で抑え込めたのですが、被害が大きく……」

「分かった！　今から向かう！　マルス君には悪いが我々はグランザムに戻るぞ！」

グランザム迷宮《ダンジョン》に六人の騎士団員が必死になって駆け込み報告してきたので、私はすぐに街に戻ることにした。

彼らはブレアの部下であり二十人一組で構成されるライル隊のメンバーであった。

帰りの道中はブレアたちがゴブリンたちと戦って道を開いている。

こうしてみるとあの二人の子供は異常だったということが改めて認識できる。

ブレア含めた十人の騎士団は決して弱くはない。

ブレアに関しては間違いなくD級冒険者クラス……いや、守りに徹した時のブレアであればC級冒険者ですらブレアを切り崩すことは難しいだろう。

他の騎士団員もD級までも行かなくてもE級上位はある。

しかしゴブリンたちからダメージを食らってしまう。

ホブゴブリンとゴブリンメイジの組み合わせはかなり厄介らしく、ホブゴブリンに足止めをされている間に、ゴブリンメイジから《アースバレット》を食らってしまう。

そして回復促進薬《ポーション》で回復しながら進むので進度が遅い。

一部屋攻略しては小休止しを繰り返す。

「申し訳ございません。ビートル伯爵。我々がもっと強ければ……」

「皆まで言うな。彼らが異常なのだ。それに騎士団であるお前たちは強くなることだけが仕事ではない。とてもよくやってくれている。私はお前たちを誇りに思っているぞ」

その言葉に心を打たれた十名の騎士団員は頭を下げた。

何時間かかったろうか、ようやく一層にたどり着き、気合を入れる。

「もう一層まで来た！　出口まで慎重に、迅速に行くぞ！」

騎士団員たちを鼓舞したが、連れてきた十名の騎士団員たちには明らかに疲労の表情が窺《うかが》える。

「お前たちはもう戦えそうか？」

報告に来たライル隊六人の騎士団員に聞いた。

「もう少し休ませてください。そうすれば戦えるようになります」

「そうか、無理はしなくていいから戦えるようになったら教えてくれ」

何度か小休止を挟みようやく迷宮《ダンジョン》の入り口近くまで来ると、最後の小休止を取る。

休憩をしながらブレアがライル隊の六人に聞いた。

「そういえばライル隊はどうした？　お前たち六人で来たのか？」

「はい、我々六人だけで来ました。隊長や他の隊のメンバーは賊への対応をしております」

「二層まで来るのに六人では大変ではなかったか？」

ブレアはそう言いながら、六人の騎士団の周りを歩き始めた。

「大変でした。だから怪我もしてしまい、持ち合わせの回復促進薬《ポーション》もすべて使い切ってしまって……」

ブレアと共にいた騎士団員も同じように六人を囲むように歩き始める。

するとその六人のうちの一人が、

「き、急にどうしたのですか？　私たちが何かしましたか？」

「お互い茶番はやめようではないか？　こちらもいつまでも無能を演じるのは疲れるのでな。我々が迷宮《ダンジョン》に入ってからずっとつけてきておったではないか」

ブレアがそう言うと一斉に十人の騎士団員がライル隊六人を取り押さえた。

「ちっ！　どうなってやがる！　聞いていた話と違うぞ！」

「誰からどんな話を聞いていたんだ？」

拘束された六人に対して問う。

しかし六人の男たちは答えない。

「ふむ。口を割らないか。しょうがない。お前たちDランクパーティ【バーカーズ】の家族郎党すべて反逆罪で捕らえるとするか……」

「なっ、どうして俺たちを知っている？」

「バーカー家のことは領主としてしっかりと監視している。それに監視しなくてもお前らバーカー家は有名だからな。色々報告が上がってくるのだよ。鑑定屋を買収してD級冒険者になったということもな。さて、お話ができるようだから改めて答えてもらおうか。何が目的だ？」

「分かった。この迷宮《ダンジョン》を出てから答えてやる」

男たちにはまだ勝算があった。

今頃間者二百人が騎士団を制圧しているはずだ。

騎士団はこの前の迷宮飽和で装備がないというからな。

いくら騎士団とはいえ、丸腰であれば武装したF級冒険者でも勝てるだろう。

しかし迷宮《ダンジョン》を出た彼らの目に映ったものは信じられない光景だった。

☆☆☆

忌々《いまいま》しい奴らめ！

マルスとかいうどこの馬の骨とも知れない奴が来てもう二か月以上が経つ。

予想外の迷宮飽和は起きたが、俺が気絶している間に収まっていた。

街の奴らはガキのことを剣聖だのと言っているが、本当は俺の剣が特別なのだ。

あれはミスリル銀の剣だから、ゴブリンの百体くらいは楽勝に決まっている。

クラリスというガキも許せない。

高貴なる俺様を差し置いて、下賤《げせん》なる民どもに優先して《ヒール》をかけやがって。

住民の代わりはいくらでもいるが、俺様の代わりなどどこにもいないということがなぜ分からない。

そして一番許せないのはビートルの奴だ！

運がいいだけで上級貴族の伯爵になりやがって。

どうせゴマをするのがうまかったのであろう。

しかし我慢もあと少しだ。

ディクソン辺境伯に取り入ってもう何年も経つ。

そしてビートル伯爵がガキどもと一緒に迷宮《ダンジョン》に入る日が決行日だ。

迷宮飽和が収まったと聞いて住民が今まで以上に増えたと喜んでいるが、それはすべてディクソン辺境伯からの間者だ。

奴らは手の付けられない凶悪犯らしいから、ディクソン辺境伯が免罪すると言えば、たとえ騎士団が相手でも命を投げ出すだろう。

ビートル騎士団もいけ好かない。

なんせ俺の命令を聞かなかったからな。

俺がこの街を治めるようになったらこき使ってやるから覚えていろ。

計画は順調だ。ディクソン辺境伯の指示通り、道具屋と武器屋で回復促進薬《ポーション》や武器を買いそろえた。

買った武器や回復促進薬《ポーション》は間者に渡す。

もちろんクーデターのためにだ。

ビートルはバカだ。俺の行動に全く気付いてないようだ。

よくあんな無能が伯爵になれたものだ。

ビートルを始末する際どうやって伯爵になったか聞いてみるのもいいかもしれない。

もしかしたら王族の弱みの一つくらい握っているのかもな。

それにしてもディクソン辺境伯からの納品の依頼が予定よりもだいぶ多い。

間者二百名だから二百名分だけかと思ったら、倍以上の五百ずつの武器や回復促進薬《ポーション》を揃えろとのことだ。

さすがに俺一人で揃えるのはまずいので間者の何人かを使って買いあさった。

まぁこうやって頭が回るからビートルが俺の翻意に気づかないのであろう。

ビートルが無能というよりも、このダメーズ・バーカー男爵様が有能すぎるのだ。

費用は後から倍にして返すと間者を通じてディクソン辺境伯が連絡があったので、バーカー家の私財を投げうってなんとか揃えた。

そして今日が作戦実行の当日。

俺は朝からビートル伯爵を見張っていた。

もちろん間者たちと一緒に。

伯爵たちが迷宮《ダンジョン》に入って三十分が経った。

計画実行の時間だ。

あと一時間もすれば、俺はこの街の英雄になり、子爵にもなれる。

作戦はこうだ。

まず間者二百人が騎士団を襲って制圧する。

いくら騎士団といえども、この前の迷宮飽和でまだ装備がそろっていないから、武装した凶悪犯の前に戦意を失うはずだ。

最近武器屋に並ぶ商品は、すべて俺らが買い占めている。

回復促進薬《ポーション》もそうだ。圧倒的にこちらが有利だ。

多少の犠牲が出てしまっても仕方がない。

あとは迷宮《ダンジョン》から出てきた伯爵を始末できればこちらのものだ。

まぁ伯爵の所には手練れの【バーカーズ】を送っている。

【バーカーズ】は優秀な俺と同じ血が入っているため、皆D級冒険者だ。

もしかしたら伯爵は迷宮《ダンジョン》で不慮の事故にあっているかもしれないが、その時はその時だ。

住民たちも無能なビートルよりも、この有能なダメーズ様が治めた方がいいと思っているに違いない。

後に伯爵となる予定だから、住民たちには今のうちに閣下とでも呼ばせるか。

おっと、そんなことを考えていたらもう間者たちが騎士団の詰め所を襲っていた。

しかし間者の数がやけに少ないな……。

あ、そうか！　襲撃時間は伯爵が八時に迷宮《ダンジョン》に入る予定だから迷宮《ダンジョン》突入から三十分経ってからと伝えてあった。つまり当初の予定は八時三十分だった。

しかし一時間も早く七時に伯爵が迷宮《ダンジョン》に突入したのが誤算だった。

これで七時三十分に襲撃する奴と、八時三十分に襲撃する奴でばらけてしまったのか……。

これはどちらが正解なのだろうか？　まぁ天才の俺だったら中間の八時に襲撃するがな。

ただ間者が襲っているはずの詰め所は、すぐに静かになった。

剣戟の音や怒声や悲鳴が上がってもおかしくないはずなんだが……。

まぁ騎士団にはろくな装備がないだろうから諦めたのか……いくら装備がないからといって抵抗もしないとは……他愛《たわい》もない奴らめ。


もう制圧しただろう。情けなく捕えられている騎士団員を見るために、詰め所のほうに向かう。

中を覗《のぞ》こうと門をくぐると突然門が閉じられた。

「ご苦労だったな、ダメーズ・バーカー」

なぜか騎士団員が俺に向かってため口をきいてきた。

なぜ俺にそんな口を利くのかということに気を取られて、なぜ間者に制圧されているはずの騎士団員がここにいるのかという疑問など吹き飛んでいた。

「おい、口の利き方に気をつけろ。不敬罪に処するぞ」

「そうだな、お前は明日から貴族でもなく、平民でもなく、奴隷だからな。口の利き方に気を付けなければならないな」

「な、何を言っている？」

「本来であれば死刑なんだが、人手不足でな。お前たちは奴隷に落とすということになった」

そう言うと他の騎士団員たちが俺を拘束した。

なんだこいつらは、気でも狂ったか？

まぁ高貴なる俺を前にして緊張でもしているのか。

「今なら、少しは減免してやるぞ。死刑ではなくムチ打ちくらいで許してやろう」

「さすがに、このダメバカは頭が逝ってるな。この状況を分かってないらしい。話にならん」

騎士団員の一人がそう言うと、全員で俺を侮辱するように笑ってきた。

さすがにこの器の大きい俺でも頭にきた。

「おい、間者はどうした？　なぜここにいない？」

「もう自白したようなものだな。あいつらはすでに捕えておる。お前のない頭では理解できないと思うから教えてやるが、間者の中にこちらの手の者が多数入っていた。五百人分の武器や回復促進薬《ポーション》をおかしいと思わなかったのか？　その装備のほとんどは我々騎士団に流れたのだよ。あと三十分後に第二波がくるんだろ？　もう捕らえる手はずは整えてある」

間抜けな間者どもめ！　俺に無駄な金を使わせやがって！

三十分間ずっと俺は罵詈雑言《ばりぞうごん》を浴びていた。

そして三十分後、新たに間者たちが捕縛されてきた。

多少戦った音は聞こえてきたが、あっさりしたものだった。

「さて、ダメーズ。お前はこっちに来い」

そう言われて、迷宮《ダンジョン》の前でビートル伯爵がくるまで正座をさせられるはめになった。

俺をここに連れれば、逆にお前らが迷宮《ダンジョン》から出てきた【バーカーズ】にすぐに制圧されてしまうのに。

こいつらはやはり無能だな。

伯爵は今頃【バーカーズ】によって捕らえられているはずだ。

扉が開いた時のこの無能共の顔を思い浮かべると笑えてくる。

ただ、待てどもなかなか【バーカーズ】たちは来ない。

何時間経っただろうか。もう足がしびれて立てと言われても立てない。

そしてついに待ち望んだその時が来た。迷宮《ダンジョン》の扉が開いたのだ。

よし！【バーカーズ】たちが出てきた。

さすがDランクパーティだ。

「よくやった！【バーカーズ】！褒めてつかわす！早くこの縄を解いてくれ！」

俺が【バーカーズ】たちの手首にも縄がされているのに気づくのには、そう時間はかからなかった。

第16話　別れ

扉を開けると、ビートル伯爵含め、騎士団員たちが俺に片膝をつき謝ってきた。

「申し訳ない。マルス君。正直我々は少しだけ君を疑っていた」

そういうと伯爵や騎士団員たちは頭を下げた。

「え、どうしたんですか？　状況がいまいち分からないのですが……」

「我々はダメーズ男爵が反乱を起こすということを事前に知っていた。マルス君も加担しているかもしれないという思いから、監視をしていたんだ。もちろん信じてはいたが、保険として監視をしていた。君が違和感や視線を感じるというのは、ダメーズ男爵の手の者と我々の二つから監視されていたので当然なのだ。今日の朝の時点で完全に疑いは晴れてはいたのだが伝えることができなかった」

「色々な説明ができない僕の方にも責任はありますからね。謝罪を受け入れますので」

俺はそういうとビートル伯爵の手を両手でとり、立ち上がってもらった。

「まず僕の方から報告したいのですがよろしいですか？」

「そうだな。じゃあ私の別邸で報告を聞こう。こちらからも話しておきたいことがある。いいかな？」

「はい。分かりました」

ビートル伯爵の提案を受け、馬車でビートル伯爵の別邸へ向かう。

別邸に向かっている時にダメーズ男爵も同行していることに気づいた。

ただ手首に縄がかけられている。

ビートル伯爵の別邸まではそう時間はかからなかった。

別邸と言え伯爵の家だからかなり豪華だと思ったのだが、そうでもない。

イルグシアのブライアント家のほうが大きいくらいだ。

伯爵の家に着き、広い部屋に通された。

そこにはダメーズ男爵の他にも六名ほど手縄をされている人がいた。

それにランパード家の二人、つまりグレイとエルナもいた。

二人とも手縄はされていないから、何かをやらかしてここに来たということではないのであろう。

クラリスが二人に気づき、2人のもとに喜んで駆け寄る。

緊張した面持ちの二人もクラリスが来ると顔が崩れた。いわゆる嬉し泣きだ。当然だがよっぽど心配だったのであろう。

「お父さん、お母さん、ただいま帰りました」

「無事でよかった。報告はこれから聞くからね」

その様子を見ていた俺はランパード一家に会釈をしてから伯爵に報告した。

「本日ボス部屋を攻略致しました。ボスはゴブリンキング二体でした。これがゴブリンキングの魔石です」

　俺はゴブリンキングの魔石だけ取ってきていたので、ビートル伯爵に渡した。

「ありがとう。マルス君。それにクラリス嬢もよくやってくれた。先ほども言ったが改めて謝罪させてもらう。私は君がそこに居るダメーズ男爵と組んで何か良からぬことをするのではないかと疑っていたのだ」

　このダメーズという男、考えていることがぶっとんでいるな。目もどこか逝ってしまっている気がするし。

「ただ今日の朝マルス君は一時間も早く待ち合わせ場所に来た。これはダメーズ男爵と組んでいるのであれば絶対にやらないことだったのだ。計画が破綻するからね。もともとそこまでは疑ってはいなかったのだが、多少は疑っていたのは事実だ。許してくれ」

「はい。先ほども言いましたが、謝罪を受け入れます」

「ありがとう。さて褒賞の話に移ろうか。何か望みのものはできたか？」

「いいえ、まだ何も決まっておりません……」

「そうか、それではまず決定事項を伝えよう。まず、バーカー男爵家は取潰しとする！　またバーカーズ・バーカーと共に全員奴隷とする」

【バーカーズ】六名の冒険者登録を抹消し、ダメーズ・バーカーと共に全員奴隷とする」

　おお、なかなか思い切った決定だなと思っていたら、ダメンズ一味が騒ぎ出した。

　もうダメンズには用がないらしく、騎士団に首根っこを掴まれて連れていかれた。

「さて、騒々しい奴らもいなくなったところでもう一つ。グレイ・ランパードよ。本日より男爵とする！」

これにはビックリしてしまい、思わず声が出てしまった。

当の本人は事前に聞いていたのだろう、あまりびっくりした様子はなかった。

だからさっきから緊張していたのか。

それにしてもこれで叙爵されるとは……確かにクラリスはこの街の者たちを《ヒール》で回復させたし今回のグランザム迷宮《ダンジョン》の攻略にも大きく貢献しただろう。

しかしグレイは特に何もしていないと思うのだが……もしかしたら俺が知らないところで何か功績を残していたのか、はたまたビートル伯爵に何か考えがあるのか……まぁ俺が気にする必要もないか。

そんな俺の疑問は露知らず、クラリスが目を輝かせながら祝福の言葉を投げかける。

「やったね！　お父さん、お母さん。これから領民のために頑張ってね」

「あ、あぁなんか俺たちは何もしていないのに複雑な気分だ」

「グレイよ、そう言うでない。クラリス嬢がこんなに立派に育ったのは間違いなく親である二人のおかげだ。正式な叙爵は後日となるが、今日から男爵を名乗ることは許す。できれば先に話したお願いを聞いてほしいのだが、決心はつかないか？　もちろん命令ではないから断ってくれても構わない」

事前に何か言われていたのであろう。何を言われたかは気になる。

「えぇ、まだ決めかねているところです」

「そうか、ただ知っての通りあまり時間がない。またこちらからも連絡させてもらうと思う。今日は家に帰って、クラリス嬢も含めて久しぶりに親子三人で時間を過ごし、相談してみるといい。マルス君は今日この家に泊まってもらうこととする。よろしいか？」

「はい。よろしくお願いします」

「承知いたしました。家に帰って家族で相談します」

俺が返事をすると、グレイもビートル伯爵に頭を下げてから俺に話しかける。

「マルス君、今日もクラリスを守ってくれてありがとう。いつも君には感謝しっぱなしだ。まだ何もお礼ができていないが、もうしばらく待ってくれ」

「いえ、居候させていただき、また楽しい時間を過ごさせていただいたので十分です」

まぁお金は途中から払っていたんだけど、看板娘つきだったからね。いくら払っても足りないくらいだ。

「では我々はこれで失礼させていただきます」

そう言うとグレイとエルナは退出していった。

クラリスも「また後でね」と言って二人を追って出て行く。

「ではマルス君、色々話したいこともあるが、まずはシャワーとご飯にしようか」

「ありがとうございます」

俺はシャワーを浴びて、ダイニングに向かうと、たくさんの食事が用意されていた。

騎士団の何人かも招かれており、賑やかでとても楽しい食事だった。

念のため食材一つ一つ鑑定したが、毒とかは入っていない。

食事の際に騎士団員から、

「申し訳ないが、君の行動をずっと監視していた。許してくれ。ただそのおかげで君がとても素晴らしい人間ということが証明できた。回復促進薬《ポーション》やインゴットを通常の値段、もしくはそれ以下で卸してくれて、我々騎士団含め多くの街の住民が感謝している。本当にありがとう」

次々に俺を監視していた報告が挙げられた。

どうやらここにいる騎士団員は全員俺を監視していた人たちらしい。

さすがにもうちょっと危険を察知できるようにしないとな……こんなに見られていて違和感とか言っているようじゃダメだな。

そのあとも次々と騎士団員の人たちからお礼や賛辞を贈られ、ちょっと照れ臭かったが、みんな喜んでいたので嬉しかった。

騎士団員たちはこの後まだ仕事があるのか、それぞれの持ち場に戻っていく。

伯爵と二人になると伯爵から質問された。

「本題には入ろうか、マルス・ブライアント君」

やっぱりバレていた……俺の正体はクラリスとグレイとエルナしか知らない。

誰かが漏らした？　クラリスは絶対に違う……グレイとエルナのどちらか……。

「その様子では、誰かは君の出自を知っているのだね。私が君をバルクス王国ジーク・ブライアント子爵の次男と知ったのは偶然なんだ。君への褒賞は何がいいかずっと困っていたのだが、冒険者登録をしてあげようと思ってね。もちろん冒険者登録だけでは褒賞としては物足りないが、この前会わせたギルドマスターのビクトに冒険者登録を依頼していたんだ。当然、姓は分からないからマルスでね。そしたらビクトが三年前にバルクス王国に四歳で冒険者登録されているマルスという名前があると言ってね。間違いなく同一人物だと思って、今かまをかけさせてもらったら案の定というところだ。もちろんマルス君に敵意がないのは知っている。だがどうしてここにいるのかだけでも聞かせてほしい」

少しでもグレイとエルナを疑った俺が恥ずかしい。

「分かりました。伯爵の仰る通り僕はバルクス王国のマルス・ブライアントです。僕がここに来たのは偶然なのです。イルグシアの迷宮《ダンジョン》からなぜか転移して迷宮飽和中のグランザムに来てしまったのです」

「む。そうか……グランザムとしてはとてもありがたい偶然だったのだな……帰るあてはあるのか？」

「いいえ、ございません。ただもしかしたらグランザムの迷宮《ダンジョン》から同じように転移できないか試してみようかとは思ったのですが……うまく転移できたとして、イルグシアに戻れる保証もないですし、今度は全然違う大陸とかに飛ばされる可能性もありますので……」

「ふむ。私がマルス君の帰りの手配をしようか？　越国する際、私の書状があればすんなり通れるかもしれん。まぁ戦争中だから書状があってもそう簡単にはいかないかもしれないが……」

「あ、ありがとうございます。是非お願いします」

「分かった。それではなるべく早く準備の方はする。ただ一週間は時間をくれ。あと手紙をしためてくれれば、早馬を出して先にイルグシアに届けることも可能だぞ。先にマルス君の無事を教えてあげた方がよいのではないか？」

「何から何までありがとうございます。それでは明日早速手紙を書いて参ります」

「うむ。それでは今日はゆっくり休んでくれ。また明日話そう。今日はご苦労だった」

伯爵はそう言うと自室に戻っていった。

良かった、正体がバレてもお咎《とが》めなしで済んだ。

俺は安心して部屋に戻って眠りについた。


一週間ただ時間が過ぎるのを待つのは嫌だったので、俺は一人で迷宮《ダンジョン》に潜っていた。

クラリスも誘ったのだが、グランザム迷宮《ダンジョン》を攻略した日からどこか素っ気なく感じる。

会ったら嬉しそうにはしてくれるのだが、俺よりもグレイやエルナ、またこの街の子供たちを優先にしたいという気持ちが見てとれた。

その子供たちの中には俺と同じくらいの身長の男の子たちもいて、楽しそうにしている姿を見た時は、胸が張り裂けそうだった。

なんだか失恋した気分……いや、気分ではなく失恋だ……。

前世では一人でずっと努力をしていたが、この世界に来てからというものアイクが常に一緒に努力をしてくれた。最近はクラリスになった。

クラリスといる時は……もう考えるのはやめよう。

ボス部屋と湧き部屋でひたすらゴブリンを倒している時だけは、クラリスのことを考えずに目の前のことだけに集中できた。その甲斐あってレベルも上がり、できることも増えた。

安全地帯《セーフティーゾーン》で寝泊まりし、なるべくグランザムの街に戻らないようにもした。クラリスと会うとまた色々な思いがこみ上げてきてしまうからだ。

幸いビートル騎士団も安全地帯《セーフティーゾーン》まで足を運んでくれるので、必要な物があれば、持ってきてもらえたので困ることはない。

だが何度もボス部屋を攻略していると、いい装備が手に入ってしまう。

どうしても俺にクラリスのことを思い出させたいらしく、手に入れた装備はクラリス用の物でこれを身に付けたクラリスは……最後にこれを渡してお別れしよう。


ついにグランザム出発の日の朝を迎えた。

これがずっとグランザム迷宮《ダンジョン》のボス部屋に入り浸っていた成果だ。

【名前】マルス・ブライアント
【称号】風王／ゴブリンスレイヤー
【身分】人族・ブライアント子爵家次男
【状態】良好

【年齢】八歳
【レベル】21（＋2）
【ＨＰ】130／130
【ＭＰ】7832／7832
【筋力】83（＋10）
【敏捷】88（＋11）
【魔力】124（＋9）
【器用】111（＋12）
【耐久】81（＋8）
【運】30
【固有能力】天賦（LvMAX）
【固有能力】天眼（Lv7）
【固有能力】雷魔法　S（Lv0／20）
【特殊能力】剣術　B（Lv6／17）（5→6）
【特殊能力】火魔法　F（Lv5／8）（G→F）（4→5）
【特殊能力】水魔法　G（Lv3／5）
【特殊能力】土魔法　G（Lv2／5）
【特殊能力】風魔法　A（Lv13／19）

【特殊能力】神聖魔法　C（Lv6／15）
【装備】ミスリル銀の剣
【装備】風の短剣《シルクダガー》
【装備】偽装の腕輪

年を重ねたことによってステータスも相当上がり、器用値が100を超えると、ついに剣を振りながら《風纏衣》以外の風魔法も発現することができるようになった。ただ風魔法しか発現しない。やはりこれも才能値が関係するのだろう。

その才能値だが、火魔法レベルが上がり才能値Gの限界のレベル5になると、なんと才能がFに上がり《ファイアボール》も唱えられるようになった。

そして器用値が上がったからか、火魔法の才能、レベルが上がったからかは分からないが、風魔法を使いながら火魔法も使えないか試していると、本当に偶然なのだが、ある魔法が使えるようになった。

《トルネード》を発現させながら《ファイア》を放つことはできないが、《トルネード》と《ファイア》を、同時に放つことができたのだ。

雷魔法ももしかしたら器用値依存かと思い、色々試したが、こちらはうんともすんとも言わなかった。

しかし努力だけは裏切らない。これからも努力し続けよう。

そんなことを思いながら街を歩いていると、グランザム街の西門まで着いてしまった。

最後にランパード家に挨拶に行き、クラリスにプレゼントを渡そうと思っていたのだが、一家全員不在でその願いすら叶《かな》わなかった。

もしかしたら、今日発《た》つのを知らないのかもしれない。

その代わりと言ってはなんだが、西門付近にはビートル伯爵、騎士団、街の住民が見送りに来てくれ、「剣聖様ありがとう」「またいつでも来てくれ」とか嬉しい言葉をもらった。

伯爵とブレア騎士団長は街の外まで一緒に来てくれるらしい。

俺は街のみんなに別れを告げてグランザムの街を後にする。

グランザムから離れるんだと思うと涙が止まらなかった。

この数か月のことを思い出しながら歩いていると、一キロメートルくらい離れたところに三人の人影が見え、近づいてみるとそこにはなんとランパード一家がいた。

久しぶりにクラリスと会うと、また胸が苦しくなるが、どこか心地よさもあった。

「マルス君。今までありがとう。君のおかげでランパード家は……グランザムは救われた」

「僕だけではなく、皆さんの頑張りがあったからですよ。もし諦めていたら、僕がここに来る前にもうグランザムは陥落していましたよ」

グレイにそう言うと、今まで泣いていたのか目を腫らしているクラリスを真っすぐに見つめる。

「クラリスもありがとう。クラリスと一緒に過ごした三か月はとても楽しかったよ。これはクラリスへの誕生日プレゼントだ。こういうの今まで誰にもプレゼントしたことがないから、気に入ってくれるか分からないけど、使ってくれれば嬉しい」

クラリスの誕生日が俺と同じ一月一日というのを以前グレイに教えてもらっていた。

「……えっ!?」

クラリスの目に涙がたまる。

「……この花の……胡蝶蘭《こちようらん》のピンク色って……それにハートの型の魔石？　かわいい……ありがとう……」

クラリスがプレゼントを受け取ると、早速それを付けるために、白い髪留めを外し、俺がプレゼントしたピンク色の花をモチーフにした髪留めを付ける。

一筋の綺麗な涙が頬を伝うが、髪をなびかせ嬉しそうに「似合う？」とポージングしてくる。

思わず見惚《みと》れてしまい、言葉を失ったが、クラリスには伝わったようだ。クラリスも少し恥ずかしそうに頬を染める。

良かった。最後にクラリスに会えて、プレゼントも喜んでもらえて。こうやってしっかりとお別れできたことで、この街のことを思い出しても、辛さが和らぐだろう。

「じゃあ行くね」

これが最後だと思うと思わず涙声になってしまうが、

「……ちょっと待ってよ」

立ち去ろうとする俺をクラリスが引き止める。

「……ビートル伯爵、ブレア騎士団長、そしてお父さん、お母さん……今までありがとう……」

クラリスの言葉にグレイとエルナが泣きながらクラリスを抱き寄せると、クラリスも体を震わせ声をあげて泣く。

俺はその様子をずっと呆然と見ていた。

少しすると泣き止んだクラリスが俺の隣に来て、

「さぁ行きましょう」

と俺の手を強く握りながら言う。

「え？」

「行きましょう」

「え？　いや……」

事態が飲み込めない俺に、ビートル伯爵が説明してくれる。

「マルス君たちが迷宮《ダンジョン》攻略している最中に私たちがダメーズの件でグランザムに戻っていた時にグレイに言ったのだ。クラリス嬢をマルス君に預けてみる気はないかと」

「その件でビートル伯爵は我々ランパード家に考える時間を与えると言って、マルス君抜きで会議を始めようと思ったのだが、議題に入る前にクラリスの方からマルス君と一緒に行きたいと言ってきてね。最初はクラリスを褒賞や物として扱うのは嫌だったのだが、クラリスから言うものだから……」

「私もその話を聞いて、驚いたよ。提案した私も心苦しかったからね」

ビートル伯爵とグレイの言葉が頭に入ってこない。

ただクラリスは俺を利用していたわけではないということだけは分かった。

この一週間、家族や友達と離れ離れになる前にちょっとでも思い出を作っていたということか！

「マルス君、クラリスを頼むわね。マルス君が一緒だから大丈夫だと思うけど、道中は気を付けてね。盗賊とかもいるから……」

エルナが咽《むせ》び泣きながら言うと、グレイも必死に涙を堪《こら》えながら笑顔でクラリスに別れを告げる。

「何かあったら戻ってきてもいいんだよ。いつでも父さんと母さんはクラリスの味方だからね」

二人の言葉に涙を堪えていたクラリスが、堪えきれなくなると、グレイとエルナもクラリスの下に駆け寄り、お別れの抱擁をする。

ようやく事情が飲み込めた俺も涙を堪えきれなくなり、伯爵、騎士団長も三人の親子を見て泣いてしまう。

この日、グランザムの町外れに小さく綺麗な虹《にじ》がかかった。

転生したら才能があった件
～異世界行っても努力する～

本書に対するご意見、ご感想をお寄せください。

あて先

〒162-8540 東京都新宿区東五軒町3-28
双葉社　モンスター文庫編集部
「けん先生」係／「竹花ノート先生」係
もしくは monster@futabasha.co.jp まで

ノベルス

転生《てんせい》したら才能《さいのう》があった件《けん》～異世《いせ》界《かい》行《い》っても努力《どりょく》する～

2023年4月2日　第1刷発行

著　者　けん

発行者　島野浩二

発行所　株式会社双葉社
〒162-8540　東京都新宿区東五軒町3番28号
[電話] 03-5261-4818（営業）　03-5261-4851（編集）
http://www.futabasha.co.jp/（双葉社の書籍・コミック・ムックが買えます）

印刷・製本所　三晃印刷株式会社

[電話] 03-5261-4822（製作部）
ISBN 978-4-575-24583-7 C0093　

Mノベルス

おいてけぼりの錬金術師
Oitekebori no Renkinjutsushi
ている
Illust. 布施龍太
魔王を倒すため、女神により異世界に召喚された勇者達は、犠牲をだしながらも何とか魔王を倒し、生き残った全員がもとの世界に帰った……はずだった。しかし、彼らとともに帰るはずだった錬金術師の光道長は、送還の時に女神の力をも弾いてしまう鉄壁の工房で調合をしていたため、異世界に一人おいてけぼりにされてしまい……。おいてけぼりにされた異世界で生き抜く生産ファンタジー、ここに開幕！

発行・株式会社　双葉社

Mノベルス

稀代の天才科学者である天地海人。彼はある日目覚めると異世界に転移していた。海人が手に入れたのは、『創造』という一度見たもの（植物以外の生物を除くほぼすべて）を作り出せる希少な魔法。女傭兵ルミナスに助けられ、彼女と同居しつつ、創造魔法を活用してお金を稼ぎ、平穏で楽しい日々を過ごしていた海人だったが、様々な騒動に巻き込まれていき……。類まれな頭脳と創造魔法を駆使して敵を蹂躙！　運動神経とネーミングセンス以外は完璧な、天才による異世界ファンタジ―ここに開幕！

発行・株式会社　双葉社

Mノベルス

祖母の残した錬金術道具を使い、錬金術に夢中になる少年スヴェイン＝シュミット。彼は5歳になったとき、『職業』を授かる『交霊の儀式』にて〝なにものでもない〟を意味する職業【ノービス】を授かる。それは、特に秀でた分野も苦手な分野もない不遇な最下級だと思われている『職業』だった。
しかし、〝なにものにでもない〟とは〝なにものにもなりうる〟ということ。実は【ノービス】はすべての才能をほんの少し持っている『職業』であり、努力次第で様々な力を手に入れることができる、とてつもない『職業』だったのだ！それまでの実績で職業が変わる10歳の『星霊の儀式』で目指すのは、【錬金術師】系統の職業。初級職しか授かれなかったため、実家の貴族家から勘当されてしまった少女アリアと一緒に日々研鑽を積むスヴェインだったが、聖獣たちを助けたことにより、その目標を大きく変えていくことになり……。少年と少女と聖獣たちが織りなす、〝なにものにもなれる〟物語、ここに開幕！

発行・株式会社　双葉社

Mノベルス

魔王様、リトライ！

Maousama Retry!

神埼黒音 Kurone Kanzaki
[ill] 飯野まこと Makoto Iino

どこにでもいる社会人、大野晶は自身が運営するゲーム内の「魔王」と呼ばれるキャラにログインしたまま異世界へと飛ばされてしまう。そこで出会った片足が不自由な女の子と旅をし始めるが、圧倒的な力を持つ「魔王」を周囲が放っておくわけがなかった。魔王を討伐しようとする国やら聖女から狙われ、一行は行く先々で騒動を巻き起こす。見た目は魔王、中身は一般人の勘違い系ファンタジー！

発行・株式会社　双葉社